El brazo ajeno y piel mágica

Historias de horror

Eudelio Pérez

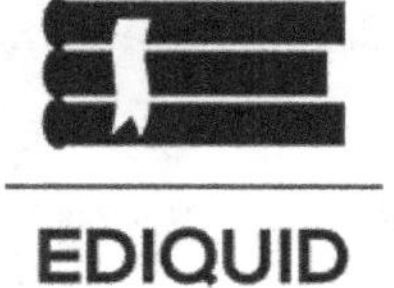

EDIQUID

EL BRAZO AJENO Y PIEL MÁGICA
Historias de horror
© Eudelio Pérez

Editado por: Corporación Ígneo, S.A.C.
para su sello editorial Ediquid
José Olaya 169, Ofic. 504, Miraflores. Lima, Perú
Primera edición, enero, 2025

ISBN: 978-612-5184-17-7

Hecho el Depósito Legal en la Biblioteca Nacional del Perú N° 2024-12857

www.grupoigneo.com
Correo electrónico: contacto@grupoigneo.com | Teléfono: +51 955 071 270
Facebook: Grupo Ígneo | X: @editorialigneo | Instagram: @grupoigneo

Colección: Nuevas Voces

Introducción

En esta unificación de dos historias que se complementan en su totalidad, convirtiéndose en una sola, el horror nunca visto estará presente en cada página. Es difícil discernir lo que acontece en este enlace, cuando el terror se convierte en algo inimaginable e insospechado. Tan brutal es la trama que afectará tanto a mujeres como a hombres, a tal punto que sentirán en carne propia los efectos de este drama, tanto a nivel psicológico como visual, ya que experimentarán sus efectos como si fuesen reales. La crueldad es de tal magnitud que el horror va de la mano del lector en esta increíble historia.

La era espacial ofrece a la humanidad múltiples beneficios: los satélites revolucionan las comunicaciones alrededor del mundo, en la medicina los avances son significativos, los laboratorios espaciales crean nuevas curas para enfermedades antes incurables. Una de esas medicinas lleva la fórmula del doctor Guido Cuevas, quien revolucionó la ciencia médica en el campo de la ortopedia con su legado a favor de la humanidad.

En el primer aniversario de su muerte, el centro médico donde realizó su primer trasplante de extremidades, Hospital Ortopédico Dr. Guido Cuevas, fue remodelado con los más avanzados equipos para realizar el nuevo tipo de operaciones con el novedoso y revolucionario sistema del galeno. Muchas personas alrededor del mundo recuperaron sus extremidades dañadas o perdidas en accidentes y, en menos de un mes, podían disponer de su nuevo miembro como si fuese el suyo propio.

Al frente del hospital hay un letrero: «Hospital Ortopédico Dr. Guido Cuevas».

El hospital cuenta con un banco de extremidades donadas por personas que permanecen en el anonimato. El cirujano escoge entre los miembros donados aquel que reúna características similares a las del receptor: tamaño, color de la piel, vellos, dedos y uñas, etc.

En la actualidad, el doctor Jesús Dorante, quien trabajara junto a Cuevas durante muchos años, realiza ese tipo de operaciones con exitosos resultados. Su primer paciente es el señor Andrés Olivo, quien perdió su brazo derecho en un accidente de automóvil. Andrés es un hombre de suerte, pues la operación no le costará un centavo por ser el primer paciente al cumplirse un año de la muerte del doctor Cuevas.

Andrés es un hombre de treinta años de edad, cuerpo esbelto, complexión fuerte, espesa cabellera negra, bigote ancho del mismo color, rostro marcado por el acné juvenil y ojos negros vivaces. Casi nunca sonreía, a pesar de poseer una dentadura bien cuidada, pero atrae con su varonil figura la atención de las mujeres.

Él está en el cuarto esperando que lo trasladen al salón de operaciones. Es un hombre muy independiente y no le gusta pedir favores, mucho menos depender de alguien y, si bien no le agrada en absoluto recibir en su cuerpo el brazo de otro hombre, sabe que no le queda otra alternativa.

Lilia es la enfermera rubia de ojos azules con rostro de ángel, simpática y alegre, que está a su lado. Le ha tomado simpatía. Ella sabe que Andrés no tiene familiar alguno que lo acompañe, por eso le aconsejó que accediera al trasplante. En los pocos días que él lleva en el hospital, la hermosa enfermera, con la magia de sus encantos femeninos, logró conquistarlo.

Llegó la hora de llevar al paciente al quirófano. Lilia estará presente durante la delicada operación. Sobre la mesita está el brazo ajeno; el cirujano lo coge, lo examina y comprueba que es idéntico al del paciente. El médico sostiene con firmeza el bisturí y comienza a hacer el corte en el área del codo, luego deposita en la mesita la parte dañada y pone el nuevo miembro, que encaja como pieza de un rompecabezas. Unas horas después, Andrés está bajo el efecto de la anestesia.

En el cuarto de recuperación, la enfermera cuida de Andrés. Poco después, despierta atolondrado y el único rostro que ve es el de Lilia. Esboza una débil sonrisa. La muchacha sostiene entre sus manos la mano izquierda. Pasan los días y Andrés mejora notablemente. La aplicación de modernos medicamentos vía oral y la unión del brazo injertado a nivel del codo hicieron el milagro.

Antes de abandonar el hospital, el doctor Dorante había quitado la gasa que cubría el brazo desde el hombro hasta la muñeca y Andrés vio por primera vez el miembro injertado. Quedó admirado. El color de la piel, la forma de los dedos, vellos y uñas eran idénticos a su otro brazo.

Jubiloso y feliz, sonrió mostrando su blanca y bien cuidada dentadura. Extendió ambos brazos hacia delante y el cirujano comprobó que eran del mismo tamaño. Luego le indicó que hiciera varios ejercicios y no tuvo dificultad en hacerlo; entonces recibió el alta. Lilia se brindó para llevarlo a su apartamento y cuidar de él, pues tenía un mes de vacaciones y vivía sola, tiempo más que suficiente para la recuperación total del paciente. Andrés pensó que era un hombre con mucha suerte.

Durante el mes, Lilia lo llevó varias veces al hospital para que hiciera la terapia. Andrés estaba admirado de no sentir dolor cuando hacía distintos ejercicios. La amistad entre ambos terminó en idilio. Lilia se había enamorado locamente de Andrés y vivían el amor sin prejuicios. Pero él no la amaba, solo estaba agradecido por la atención que recibía y fingía corresponderle.

Lilia desconocía quién era Andrés, no sabía nada de su pasado, pero no le interesaba averiguar sobre su vida; lo amaba, su amor era ciego y solo le importaba tenerlo a su lado. La personalidad rebelde de Andrés, su varonil físico, había llenado de ilusión el corazón de la joven que creyó haber encontrado al hombre perfecto.

El apartamento de Lilia quedaba en el suburbio de la ciudad. Estaba ubicado en una calle aledaña a edificios deshabitados, casi derrumbados y con serios daños en los cimientos, rodeado por una cerca muy alta. Esa zona había sido afectada por un terremoto hacía varios años y había dañado seriamente las edificaciones, pero el mayor daño lo sufrieron las tuberías subterráneas, en particular las de aguas negras, así que por el alto costo de la reparación fue declarada zona inhabitable. El apartamento estaba ubicado en el primer piso, cerca de estos.

Andrés decidió quedarse junto a Lilia, no porque estuviera enamorado de ella, sino porque el lugar donde vivía se prestaba para llevar a cabo un plan que tenía en mente. La única mujer que reinaba en su corazón y que no podía olvidar era Brenda Baron, a quien conoció en su niñez. Habían crecido juntos, habían ido a la escuela y a la universidad. En la flor de su juventud, Brenda era de lindo rostro, cabello oscuro, ojos grandes verde primavera, sonrisa amplia y carácter alegre.

La atracción de Andrés hacia la muchacha surgió desde su niñez. Era un sentimiento innato que anidó en su tierno corazón, quedó dormido y despertó cuando ambos asistían a la universidad. Entonces le declaró su amor, pero ella le dijo que lo quería como a un hermano, que jamás podría quererlo como hombre y que se había comprometido con Luis Ular, el mejor amigo de Andrés. Los tres se criaron juntos en el barrio donde vivían, jugaban, hacían maldades, asistían a la escuela y a la universidad.

Andrés, despechado al ser rechazado por la mujer que amaba, tramó un vil plan en el cual comprometió a su rival en hechos bochornosos para que lo expulsaran de la universidad, de esa manera tendría el camino libre para conquistar a Brenda, pero cuando comenzó a poner en marcha su malvado plan, lo descubrieron y a quien expulsaron fue a él.

Luis y Brenda estaban sorprendidos por la expulsión de Andrés y, más aún, por el motivo que lo causó. Luis había sido criado por su tía, quien le dio su apellido cuando su madre murió en un accidente de automóvil en la carretera. El niño tenía un año de edad; su padre salvó la vida, pero quedó inválido y con amnesia.

Cuando Luis y Brenda se graduaron en la universidad, él de médico y ella de abogada, el padre de Luis recuperó la memoria e hizo testamento en el cual establecía que para que su hijo recibiera la jugosa herencia, tenía que cambiar el nombre y apellido por el de su padre. Luis hizo el cambio, pero tiempo después su padre murió de un ataque al corazón.

Andrés fue a vivir a la capital, sus padres enfermaron y nunca regresó a verlos, y tampoco asistió al funeral cuando murieron. Este, hombre desalmado sin sentimiento alguno, no tenía compasión con nadie, solo le interesaba el dinero y la única mujer que reinaba en su corazón de acero era Brenda Baron, a pesar de las muchas que habían pasado por su vida.

Andrés tenía un viejo amigo médico alemán, el doctor Vaugh Higguy, de baja estatura, de nacionalidad americana, de padres alemanes y que hablaba español. Se graduó en los Estados Unidos y residía en Washington D.C., pero luego se mudó a Alemania, a la ciudad de Dresden, para vivir al lado de su padre; trabajaba como dermatólogo y médico forense. El médico lo invitó a que visitara Alemania y se hospedaría en su residencia. Andrés le prometió que un día le daría la sorpresa.

Cuando Andrés estudiaba en la universidad tenía abundante cabellera y bigote negros, pero cuando se mudó a la capital se peló y se afeitó el bigote. Trabajó en varios lugares, pero duraba muy poco tiempo porque no le gustaba recibir órdenes. Era un hombre muy independiente, por ese motivo entró a una banda de narcotraficantes y llegó a ser el jefe; comprendió así que había encontrado el trabajo perfecto y vislumbró un futuro exitoso donde podría ganar mucho dinero. En la banda se destacó como hombre osado y tozudo, el dinero le entraba a montones, pero también se le iba de las manos entre mujeres, alcohol y drogas. Siempre estaba metido en algún cabaret de mala reputación y la gente con quien se relacionaba era de su calaña.

En ese ambiente conoció a Dora, una bonita bailarina que lo ayudó a conseguir buenos contactos con gente del bajo mundo para prosperar en su negocio sucio. Dora se enamoró locamente de Andrés y él fingió quererla, pero solo lo hacía por conveniencia. En su corazón no había lugar para otra mujer, estaba ocupado por Brenda, a la que no podía olvidar; albergaba la esperanza de que algún día pudiera conquistarla. Pero el destino le tenía preparada una mala jugada. Cuando la policía rodeó el lugar e irrumpió en el interior de la vivienda donde todos los miembros de la banda estaban reunidos, fueron apresados, aunque Andrés logró escapar, pues no sabían que él era el jefe.

Andrés cruzó la frontera y se quedó a vivir en el país vecino, sabía que tarde o temprano algunos de sus hombres lo delatarían y no podía regresar hasta pasado un año. Tenía poco dinero en el bolsillo cuando la policía se lo confiscó todo, además de las drogas. Tiempo después consiguió trabajo en el muelle cargando bultos pesados: sacos de azúcar, abono, cajas repletas de frutas, carne, etc. Sus músculos se fortalecieron y adquirió una figura atlética.

Cansado de trabajar tan duro, cosa que nunca había hecho, un día estaba en una taberna donde se encontró con un viejo amigo, rufián como él, quien le preguntó si quería entrar a la banda de narcotraficantes a la que pertenecía, pues pagaban buen dinero. Andrés se entusiasmó y como tenía experiencia, lo aceptaron. Tiempo después se ganó la confianza del jefe, pero su esperanza de llegar a serlo algún día estaba muy lejos de la realidad.

Pasaron varios meses y Andrés no lograba mejorar su situación económica. Esperaba la oportunidad del ascenso y ser jefe de la banda, pero el tiempo pasaba y comprendió que esa oportunidad nunca llegaría.

Un viejo regordete llamado Cuco, de vientre voluminoso, barba blanca, largas patillas y pronunciada calvicie, le tomó afecto. Andrés se parecía a un hijo suyo que había muerto en un tiroteo con la policía.

Pasó el tiempo y Cuco se encariñó con Andrés. Le dijo que se marcharía a riesgo de que lo descubrieran y mataran, pues estaba cansado de esa vida llena de peligros, fuera de la ley; quería vivir su vejez en el campo, tranquilo y sin preocupaciones, criando caballos de raza. Siempre había querido hacer eso. Había comprado una finca cerca del pueblo, Los Pinos, ubicado entre montañas, cerca del país vecino. Le dijo que si algún día estaba en apuros, lo visitara, que lo ayudaría. Tendría que viajar en tren a la ciudad de Mampoche y luego en ómnibus hasta el pueblo, donde le sería fácil contactar con personas que conocieran la finca del viejo Cuco llamada El Relincho.

Había pasado un año y Andrés decidió regresar. Trazó un plan y logró escapar sin ser descubierto, así que decidió visitar a Dora, pues estaba seguro de que lo recibiría con los brazos abiertos y podría vivir algún tiempo en el pequeño y humilde apartamento de la muchacha, hasta que pudiera hacer varios robos y reunir suficiente dinero para alquilar un apartamento amplio, cómodo y organizar la banda otra vez.

A las tres de la madrugada, Andrés tocó la puerta de Dora, quien, con el rostro soñoliento, al ver al hombre que amaba, lanzó un grito de alegría y se abrazó a él, besándolo una y otra vez, henchida de felicidad. No podía creer que él estuviera vivo. La muchacha de cuerpo esbelto y bonito rostro, cabello castaño y ojos pardos, escuchó entusiasmada su historia llena de mentiras. Andrés le dijo que había estado preso por varios años, que no tenía dinero y que necesitaba quedarse en su apartamento hasta que pudiera organizar su negocio. Dora sabía a qué negocio se refería. Era el mismo que tenía cuando lo conoció, pero no le importaba. Solo deseaba tenerlo a su lado.

Había pasado un mes. Andrés realizó varios robos, pero recibió poco dinero por la venta de los objetos robados, necesitaba hacerlos a gran escala, necesitaba mucho dinero para organizar la banda. Sabía que no sería fácil, el peligro era mucho mayor que antes. Habían pasado dos años y las cosas habían cambiado. Ahora había más policías en la ciudad, pero lo intentaría.

Pasaron varios meses y, entre robo y robo, el dinero que había reunido no era suficiente, entonces cambió de táctica. Se compró ropa fina y se vistió como siempre quiso, ya no soportaba más vivir en aquel cuartucho miserable. Dora pedía dinero prestado para comprarle este tipo de ropa, sabía que ese era su gusto. La bailarina lo hacía para complacerlo y tenerlo a su lado. El muy malvado tenía suerte con las mujeres, era como un imán para atraerlas, pero ninguna ocupaba en su negro corazón el lugar que Brenda tenía. Andrés había escogido para los próximos robos dos lugares que le parecieron de fácil factura para dar inicio a su ambicioso plan.

Experto en ese tipo de robo, realizó el primero a la perfección, pero se desanimó pues no pudo conseguir lo que pretendía. En el segundo, la cosa fue peor; cuando estaba en plena acción, alguien lo vio y tuvo que huir. La mala suerte acompañaba al ladrón, pero Andrés, que era astuto e inteligente, tuvo una idea salvadora: despistar a la persona que lo había visto. Tiempo después regresó a casa. Estaba seguro de que sorprendería a Dora con su nuevo aspecto. La bailarina salió del cuarto y al verlo lanzó un grito de sorpresa:

—¡Andrés!, ¿qué hiciste?

Y rio a carcajadas, pues estaba pelado y sin bigote. Entonces lo abrazó y lo besó. La primera vez que lo conoció estaba igual que ahora. Pasaron varios días y Andrés alquiló un auto convertible rojo fuego, se vistió de traje y sombrero fino, y recorrió la barriada donde vivía gente adinerada. La policía vigilaba y cuando pasaba frente a ellos lo saludaban, pues creían que era residente del lugar. Durante el recorrido no encontró casa que reuniera las condiciones desde su punto de vista de ladrón.

Por su vasta experiencia, Andrés podía determinar a simple vista cuál de aquellas residencias valía la pena robar, así que en la última calle vio una lujosa residencia que llamó su atención, ubicada cerca de la carretera que cruzaba por la parte de atrás. La observó con detenimiento.

Era una casa antigua que había sido remodelada. Pensó que allí podría encontrar lo que buscaba. Andrés bajó del auto, subió varios escalones y, frente a la puerta de rejas, tocó el timbre. Poco después llegó una mujer vestida de blanco (la criada) y le dijo que era inspector de viviendas, que solo quería mirar la propiedad por el exterior y ver si se ajustaba a la ley.

La mujer explicó que el dueño no estaba, pero que si era para eso nada más podía entrar. Así que abrió la puerta y lo acompañó. Durante el recorrido alrededor de la mansión, Andrés vio que las ventanas eran modernas, difíciles de abrir desde el exterior, pero observó una pequeña en el sótano que era fácil de abrir. Él le dijo que todo estaba en orden, le dio las gracias por su amable atención, salió a la calle y la mujer entró a la casa. Al llegar al automóvil vio a un niño que miraba con gran interés el auto y le dijo:

—¿Te gusta mi auto?

—Sí, es muy bonito.

—¿Dónde vives?

El niño apuntó con el dedo a la mansión. Andrés quería saber algo más. Agregó:

—Las vacaciones escolares terminaron, ¿te llevan a alguna parte?

—¡Sí, señor! Mi mamá y yo viajaremos el próximo sábado con los dueños de la casa a una isla del Caribe que tiene playas muy bonitas.

Con esa información le bastaba, cometería el robo el sábado en la noche. Ese día amaneció con mucha niebla mezclada con llovizna fina y viento. Andrés tenía todo preparado: herramientas, guantes y antifaz oscuros, vestía pantalón del mismo color y camisa de manga larga morada. Llegó la noche y Andrés viajó en ómnibus, bajó a pocas cuadras de la casa y entró por el fondo del inmueble.

El viento soplaba fuerte y las lloviznas eran constantes, acompañadas de niebla espesa, así que se escurrió entre zonas oscuras, esquivando las pocas luces que alumbraban el extenso patio. Llegó a la ventana del sótano, allí la oscuridad lo protegía. Se puso los guantes y el antifaz, y comenzó a forzar la ventana. Cuando la abrió, por suerte su cuerpo entró justo por el reducido espacio. Ya dentro, pistola en mano, con la mano izquierda sacó del bolsillo del pantalón una pequeña linterna.

Andrés estaba atento a los ruidos, pero reinaba el silencio. No sabía qué encontraría más allá de la puerta que conducía al primer piso. Subió cauteloso varios escalones y llegó a un largo pasillo donde todo estaba oscuro. Iluminó con la linterna y caminó con pasos de felino. Vio que había varias puertas a ambos lados, pero no abrió ninguna, primero tenía que estar seguro de que no había ninguna persona dentro de la casa. Llegó al final del pasillo, donde había una sala lujosamente amueblada, con figuras de mármol, costosos adornos y cuadros de pintores famosos. Entonces vio otro pasillo y, al final, una puerta entreabierta, y un tenue resplandor se filtraba por debajo de la puerta.

Andrés llegó cauteloso, atento al más mínimo ruido, pero no escuchaba nada y, con suavidad, abrió la puerta apenas una pulgada. Observó que el resplandor procedía de un clóset en la misma pared donde estaba la puerta y vio allá en el fondo, en la semipenumbra, a un hombre de espaldas que, en ropa interior, sacaba algo de una caja fuerte incrustada en la pared. Así que apuntó con la pistola, dio un paso, pero pisó un papel y crujió.

El leve sonido fue escuchado por el hombre, que volteó el rostro y vio la figura en silueta de un hombre en la penumbra. Se inclinó, sonó un disparo y cayó boca abajo. La caja fuerte estaba abierta, en su interior había joyas y paquetes de dinero de varias denominaciones. Andrés abrió la bolsa y echó tres paquetes de dinero, brazaletes de oro y diamantes, cadenas de oro, pulseras, esmeraldas, collares de perlas, varios anillos con diamantes y tres piezas de oro macizo. Se acercó al hombre, que no se movía. Estaba muerto. En la cama había una maleta repleta de ropa y en una mesita una pistola. Comprendió que había actuado a tiempo.

La caja fuerte estaba cerca de una esquina y al lado había un espejo de gran tamaño enmarcado lujosamente. Andrés sudaba de manera copiosa, se quitó el antifaz y se limpió el sudor con el dorso de la mano. El espejo reflejaba su rostro iluminado tímidamente por el resplandor que procedía del clóset, pero el hombre no estaba muerto y pudo ver su cara antes de morir.

Andrés llegó al apartamento, el reloj marcaba la una de la madrugada. Buscó un lugar seguro para esconder la bolsa, sacó un paquete de billetes, la cerró y la escondió detrás de un pesado mueble, sabía que Dora no tenía fuerza para moverlo. Escribió una nota explicando que se había metido en problemas con la justicia y que tenía que salir del país por un año, pero que regresaría para hacer arreglos en el apartamento. Puso sobre el papel varios billetes de alta denominación. Salió a la calle.

En el hotel de baja categoría, ubicado cerca de la terminal de trenes, se hospedó. Vestía sencillo, llevaba un sombrero maltratado y una pequeña maleta con ropa barata. La ropa fina la había dejado como garantía de que regresaría.

Temprano en la mañana, el tren salió de la terminal rumbo a la ciudad de Los Pinos, a varias horas de viaje. La máquina se desplazaba a poca velocidad alejándose de allí. Por la ventana, Andrés miraba la parte vieja de la ciudad, aquella que fue abandonada y dañada por el terremoto, iba quedando atrás, así que recreó su vista en terrenos cultivados y otros preparados para la siembra.

Al llegar a una curva cerrada, la máquina disminuyó la velocidad. Andrés vio una nave pintada de rojo, un almacén utilizado para guardar equipos agrícolas, combustible, abono, semillas, etc. Pasada la curva, el tren aumentó la velocidad y se perdió en el horizonte. En el largo trayecto, el tren se detuvo en varias ciudades y pueblos pequeños hasta llegar a la ciudad.

En el andén, recreó la vista en el hermoso paisaje, un pequeño valle entre montañas. Era una visión panorámica espectacular y se entusiasmó. Tomó un viejo ómnibus cuyo letrero decía Los Pinos y subió. En su mayoría, viajaban campesinos con aves, pequeños cerdos y jaulas con pájaros. El ómnibus transitaba por caminos levantando nubes de polvo y, pasada una hora, llegó a la terminal.

Andrés preguntó a varias personas por la finca del viejo Cuco, El Relincho, pero nadie lo conocía. Un hombre que cruzaba escuchó y se acercó, diciendo que él trabajaba en esa finca domando caballos.

El viejo Cuco estaba sentado en el portal de su confortable casa y vio que se acercaba un caballo con dos jinetes. Al llegar, reconoció a Andrés. Fue a su encuentro y se estrecharon en un fuerte abrazo. Cuco estaba feliz de tener en su casa a su amigo de fechorías; su presencia llenaba un poco el vacío que había dejado su hijo.

Andrés le contó a medias el robo de las joyas y el dinero, pero no mencionó el asesinato que había cometido. Cuco le dijo que podía quedarse en su casa todo el tiempo que quisiera, pero que no se atreviera a hacer fechorías o lo mataría.

Aquel lugar era un pequeño paraíso, la tranquilidad reinaba. Era un hermoso sitio que servía de jaula de oro al viejo Cuco, ya que no podía visitar la ciudad por temor a ser apresado por la policía o muerto por hombres de la banda.

Cuco le ofreció trabajo en la cría de caballos de raza que vendía a buen precio. El tiempo pasó y Andrés se olvidó de su pasado, estaba muy ocupado con su trabajo y no tenía tiempo de pensar en otra cosa. Lidiar con caballos y domarlos no era tarea fácil; gracias a su nueva complexión física, debido a su trabajo en el muelle, sus músculos se fortalecieron, así que podía resistir tan dura tarea.

Los meses pasaron y un día el viejo Cuco lo acompañó a un paseo por la finca, recorrieron la orilla del río y vio un sendero que conducía a las montañas cuajado de diversas flores. Le pareció la estampa de un cuento infantil. Paseó respirando aire puro de las montañas, con aroma a pino y flores silvestres, era algo placentero y vivificante. Andrés comprendió que ese modo de vida estaba hecho a la medida para el viejo Cuco, pero no para él, ya que no se conformaba con vivir la vida en la paz de los sepulcros cuando en la ciudad, aunque su vida corría peligro, le gustaba más.

Habían pasado siete meses y Andrés manejaba los caballos con destreza. El viejo Cuco estaba asombrado por su agilidad y fortaleza, así que un día, cuando el mayoral de la finca se accidentó y tuvo que ir a vivir a la ciudad, le entregó el puesto por más dinero. Andrés se relacionaba amistosamente con todos los empleados que trabajaban en la finca en diferentes labores: sembrado, limpieza de malas hierbas en los sembradíos, recolección y almacenamiento de las cosechas en el otoño, y evitaba tener querellas con ellos, puesto que estaba allí provisionalmente hasta que se cumpliera el tiempo que, a su juicio, era suficiente para regresar al apartamento de Dora. Sabía que había pasado mucho tiempo desde el crimen que había cometido y el caso estaría archivado al no encontrar la policía al culpable.

Un mes antes de cumplirse el plazo que había fijado para el regreso, entró a trabajar un hombre llamado Leo, quien tenía experiencia domando caballos y como a Andrés le quedaba poco tiempo para regresar a la ciudad, el viejo Cuco le dio el cargo. Un día, conversando con Leo, supo que había nacido en el mismo pueblo que él y había ingresado a la universidad donde conoció a Luis y a Brenda, pero apenas estuvo un año debido a que peleó con un maestro, a quien golpeó con un madero y lo expulsaron. Tiempo después supo que Luis y Brenda se habían graduado, él de médico y ella de abogada, que se casaron y fueron a vivir a la capital, pero no sabía el lugar donde vivían.

Andrés decidió regresar cuanto antes, buscaría a Brenda por todas partes hasta encontrarla. No le importaba que estuviera casada, trataría de conquistarla. Ella era la mujer de su vida y jamás abandonaría la idea de hacerla su esposa. Llegó el momento de la despedida. Andrés abrazó a Cuco y montó el caballo, Leo a otro. Cuco levantó la mano y Andrés lo imitó. Una gruesa lágrima rodó por la arrugada mejilla del viejo.

Amaneciendo, llegó al apartamento de Dora. Tocó a la puerta y poco después apareció la bailarina que, al ver al hombre que amaba, lo abrazó y besó repetidas veces. Las lágrimas arrasaron los hermosos ojos de ella, que comprendió que no la había engañado. Andrés quedó conforme con el arreglo del apartamento, ahora estaba más confortable. Entregó una caja a la muchacha y, al abrirla, lanzó un grito. Había en ella un elegante y lujoso vestido, zapatos, cartera, aretes, un collar de perlas y pulseras de oro. La bailarina temblaba emocionada, pues era la primera vez que tenía ropa tan lujosa, pero de la alegría pasó a la tristeza.

Andrés se dio cuenta de su desencanto y le preguntó el motivo. Dora dijo que solo podía estrenarlo en un lugar de categoría. Él sonrió y a ella le pareció su sonrisa un rayo de sol. Nunca sonreía. Andrés le dijo que el fin de semana la llevaría a un lugar muy «especial». Dora corrió la imaginación y pensó que Andrés pronto se casaría. ¡Qué ajena estaba la muchacha a la realidad!, el regalo era solo en agradecimiento por lo bien que ella se había portado con él, así que después de llevarla al lugar prometido con su lujoso vestido, se marcharía y viviría en el barrio de los ricos, el más lujoso de la ciudad, y nunca más volvería a verla. Él sería un ricacho más en esa parte de la ciudad.

Andrés pensaba que era mucho el dinero que tendría cuando vendiera las prendas y el oro, que viviría como le gustaba vivir, como el hombre rico que sería. Sin que Dora lo supiera, pagó dos meses de alquiler por adelantado, estaba muy agradecido con la bailarina.

Llegó el día sábado. La luna se asomaba discreta en el horizonte y en el cielo sin nubes brillaban las estrellas. Dora, la cenicienta, salió del cuarto vestida con su lujoso vestido, ahora convertida en princesa. Andrés, vestido con su elegante traje gris, al verla quedó sorprendido: estaba preciosa. Al salir a la calle no estaba la carroza-calabaza esperando, sino un deslumbrante automóvil rojo fuego descapotado, que hizo que la bailarina, al verlo, diera un grito sorprendida.

Había pasado una hora. El auto se desvió por otra carretera que subía la montaña. Dora no podía imaginar donde Andrés la llevaría. En ese lugar estaba el cabaret más lujoso de la ciudad, de gran reputación, visitado por personalidades del gobierno, turistas, gente adinerada y artistas famosos internacionales.

En la madrugada, la lluvia en la montaña era frecuente. Llegaron y bajaron del auto. Andrés subió el techo descapotado, luego entraron al restaurante. Dora estaba nerviosa y emocionada, no podía creer que estaba en el famoso cabaret restaurante Las Estrellas, el más visitado. Creía que estaba soñando. La bailarina comparó su deslumbrante vestido con el de otras damas y quedó complacida, ya que armonizaba con los de ellas, y como tenía cintura estrecha, como bailarina que era, parecía una princesa. De reojo, Dora vio que las muchachas la miraban asombradas por su lujoso vestido.

El menú lo escogió Andrés, ella no conocía las comidas raras que servían a los comensales. Poco después, disfrutaban la cena acompañados de música suave. La felicidad embargaba a la bailarina. Su corazón le decía que muy pronto él le entregaría el anillo de compromiso y que celebrarían la boda en ese mismo lugar.

La cena llegó a su fin y comenzó el baile. Andrés cogió la mano de Dora y la llevó al centro del salón. Ella, radiante y feliz, con una sonrisa perenne dibujada en su boca de tentadores labios rojos, miraba a los ojos del hombre que amaba con locura mientras esperaba escuchar la palabra «boda». Giraban como trompos entre risas y exclamaciones de júbilo. Las luces centelleantes se reflejaban en los lindos ojos de Dora, que expresaban la felicidad que había en su corazón enamorado. No podía apartar de su pensamiento el día de su boda, que auguraba muy pronto.

El reloj marcaba las cuatro de la madrugada, muy pocas parejas bailaban y en cada intermedio, sentadas y cogidas de la mano, conversaban para luego dar fin a otra botella de champán. A Dora le parecía que flotaba entre nubes, había tomado demasiado. Andrés había sobrepasado la meta, estaba alegre, pero no ebrio; no obstante, estaba en sus cabales y decidió regresar a casa. Subieron al auto bajo una espesa niebla acompañada de una llovizna muy fina.

Bajaron por la pendiente de la carretera mientras conversaban animadamente, comentaban lo bien que la habían pasado y lo mucho que Dora se había divertido. Fue para ella una noche inolvidable.

Siguieron conversando y Andrés aumentó la velocidad sin darse cuenta. Al llegar a una curva cerrada, el auto patinó y chocó contra la barra de contención, la cual rompió y cayó a un profundo barranco. En el accidente, Dora perdió la vida y Andrés quedó con el brazo derecho totalmente destrozado.

Andrés, acompañado de Lilia, visitó el hospital por última vez. Ella comenzaría a trabajar al siguiente día. El doctor Dorante inspeccionó el brazo y comprobó que estaba bien, le dijo que podía regresar a su trabajo. Temprano en la mañana, la enfermera fue al hospital y Andrés se dirigió al apartamento de Dora, recogió la bolsa y la escondió detrás de un pesado mueble. Tiempo después, visitó a un miembro de la banda jubilado llamado Gino Paretty, que había sido el jefe antes de que él ingresara.

Gino le dijo que si pretendía organizar la banda, primero debía entrevistarse con varios hombres, que él garantizaba que conocían el negocio y que sabían trabajar. Así que le entregó una lista con sus nombres y números de teléfono, y agregó que no se arrepentiría de haberlos contratado si era generoso con ellos.

Andrés le dijo que primero tenía que buscar el lugar adecuado para la entrevista y, cuando lo encontrara, hablaría con ellos. Pensó que el apartamento de Lilia se prestaba para llevar a cabo esa operación, pues estaba en los suburbios de la ciudad y no era frecuentado por la policía. Hablaría con ella y le diría que necesitaba permiso para entrevistarse en su apartamento con varios amigos que trabajaban en una compañía agropecuaria ubicada en el país vecino y que pensaba abrir una sucursal en la ciudad, donde él sería el gerente.

Luego, le entregaría a Lilia el anillo de compromiso, el más costoso de los que había robado, y le diría que pronto se casaría con ella. Más adelante, cuando todo estuviera organizado, vendería las joyas y el oro, le haría beber a la muchacha hasta emborracharla y le quitaría el anillo. Entonces alquilaría un apartamento lujoso en otra ciudad donde no podría encontrarlo.

Un fin de semana, Andrés invitó a Lilia a cenar a un lujoso restaurante. Era la primera vez que lo hacían. Sentados frente a frente, disfrutaban de la suculenta cena. Ella estaba encantada, era la primera vez que cenaba en un restaurante de esa categoría. Bailaron varias piezas y luego disfrutaron la deliciosa bebida. Él metió la mano en el bolsillo de la chaqueta y le dijo que cerrara los ojos; tomó su mano y le puso el anillo.

Cuando Lilia lo vio, abrió los ojos sorprendida, temblando de emoción. ¡No podía creer que tuviera en su mano aquel deslumbrante y costoso anillo de diamante valorado en miles de dólares! Fue entonces cuando Andrés le prometió matrimonio. La mujer lloró de alegría; él le mencionó la entrevista con los amigos en su apartamento y ella aceptó. Lilia solo tenía ojos para mirar su fantástico anillo y no recordaba la petición de su novio. A partir de ese momento, él tenía el camino libre para poner en marcha su plan.

En el hospital, todos los médicos, enfermeras y empleados vieron el fantástico anillo que, además, armó gran revuelo. Su amiga Ana, quien trabajaba en el departamento de extremidades, la abrazó emocionada y la felicitó. Ana era su confidente, así que le enseñó la fotografía de su novio.

Antes de entrevistarse con los miembros de la futura banda de narcotraficantes, Andrés decidió buscar a Brenda. En la guía telefónica, buscó en el segmento de abogados y encontró que había dos Brenda Baron, así que anotó las direcciones. La primera era una señora de color y la segunda una corporación de abogados, pero el local estaba cerrado, solo había un letrero que decía: «La oficina estará cerrada por una semana debido a cambios en la corporación».

Esa noche, Andrés se levantó de madrugada y fue a la cocina, llenó un vaso de agua y lo llevó a la boca, pero algo extraño sucedió. Sintió una sensación extraña en el brazo implantado, le pareció que estaba adormecido, que no estaba unido a su cuerpo, de manera que, sin poder evitarlo, el vaso se le fue de la mano y cayó. Pensó que estaba acalambrado al quedar dormido en una mala postura, así que llenó otro vaso, lo sujetó con la mano izquierda y bebió. En el baño intentó sacar el pene con la mano derecha, pero no le respondió, entonces utilizó la otra mano.

Al siguiente día, mientras escribía una carta, de pronto y sin que pudiera evitarlo, comenzó a hacer rayas y dañó lo que había escrito. Era como si el brazo tuviera vida propia. No lo sentía unido.

En la tarde, sentado en el sofá, mientras leía el periódico, el brazo ajeno volvió a actuar y estrujó el papel. Andrés estaba alarmado, muy preocupado por aquellos extraños incidentes, así que cuando Lilia llegó del trabajo le dijo lo que había sucedido.

Al siguiente día, la enfermera lo llevó al hospital. El doctor Dorante examinó el brazo y, utilizando una aguja muy fina, pinchó los dedos y otras partes del brazo, y Andrés respondió a cada pinchazo. Luego, el médico sometió el brazo a baja y a alta temperatura, pero la lectura en la escala en la pantalla indicaba normalidad. Terminadas las pruebas y analizando los resultados, el médico dijo que todo estaba bien, que solo había un pequeño desajuste nervioso debido a la complicada operación, pero que con el paso del tiempo desaparecería. Le recetó unas pastillas.

Había pasado una semana. Andrés, luego de dormir toda la noche completa, se levantó temprano en la mañana y decidió ir a visitar la corporación de abogados, de modo que se vistió de traje y corbata. Como era muy temprano, se sentó en el sofá a ver la televisión. Encendió un cigarro y, entre fumada y fumada, se quedó dormido. Entonces ocurrió lo insólito: el brazo ajeno que sostenía el cigarro lo quemó en la otra mano.

Andrés despertó sobresaltado, no sabía si era accidental o si el brazo actuó por su cuenta, así que fue al baño, se puso un apósito, salió a la calle, subió a un taxi y poco después estaba frente a la oficina de abogados.

En la oficina preguntó por la abogada Brenda Baron. La secretaria le dijo que ya no trabajaba en la corporación, que tenía su propio bufete y le dio una tarjeta con la dirección. En un taxi se dirigió hacia allá. Cuando llegó, su corazón comenzó a latir aceleradamente al leer el letrero de la entrada: «Brenda Baron, abogada» y entró. En el recibidor solo había un cliente, así que se dirigió a la ventanilla, dio su nombre y, cuando llegó su turno, entró y la vio de espaldas, colocando papeles en una gaveta. Al terminar, se puso de frente y dijo:

—Caballero, ¿en qué puedo servirle? —Lo miró con indiferencia. No lo había reconocido. Andrés quedó aturdido, le parecía mentira tener frente a él a la mujer que tanto amaba. Ahora ella era más mujer que cuando la conoció en la universidad.

Brenda, extrañada de que el hombre no respondiera a su pregunta, repitió la frase, entonces él reaccionó y dijo:

—Brenda... ¿no me conoces? —Ella vaciló por varios segundos mientras lo miraba fijamente, como dibujando en su cerebro las líneas de su rostro. De pronto, sus ojos se abrieron por la sorpresa, y gritó:

—¡Andrés, hermano mío! ¡Cuánto tiempo sin verte!

Y se abrazó a él, besándolo varias veces en la mejilla. Brenda estaba muy emocionada, las lágrimas brotaban de sus lindos ojos verdes. Andrés se sentó frente a ella y le contó una historia llena de mentiras. Le dijo que cuando abandonó la universidad, se había ido a vivir al país vecino y que trabajó tan duro que no pudo asistir al funeral de sus padres, que ganaba poco dinero, que apenas le alcanzaba para pagar el alquiler y alimentarse, pero que muy pronto todo cambiaría, pues una compañía agropecuaria en el país vecino abriría una sucursal en la ciudad y él sería el gerente.

Brenda le dijo que se había casado con Luis Ular pero que, pasado dos años, había muerto. En ese momento, la secretaria entró, pidió disculpas y dijo que había un caso de urgencia que debía atender. Ella le entregó una tarjeta con el número de teléfono para acordar una cita en su hogar. Andrés vio los cielos abiertos al saber que era viuda, pues ahora se le presentaba la oportunidad de conquistarla.

Andrés regresó al apartamento y poco después ya estaba bañándose. El vapor del agua caliente empañó el espejo y, mientras se enjabonaba, su pensamiento estaba ocupado por Brenda. No había espacio para pensar en otra cosa. Escribió su nombre en el cristal empañado, pero al hacerlo vio que en su lugar había escrito la palabra «muerte». Estaba muy impresionado y extrañado, no podía comprender lo sucedido, entonces escuchó el timbre de la puerta de la calle, se puso la toalla a la cintura y abrió. Era Gino Paretty, de modo que lo invitó a entrar. Este se sentó en el sofá y Andrés quedó de pie frente a él. Luego, sin que pudiera evitarlo, el brazo ajeno quitó la toalla y quedó desnudo.

—¡Perdone, Gino! —Se cubrió con la toalla. Gino no le dio importancia al suceso y le dijo que entre hombres no tenía importancia. Andrés preguntó a qué se debía su visita y este, sin decir palabra, le entregó una hoja de periódico donde estaba la fotografía del viejo Cuco. La policía lo había apresado y confiscado todos sus bienes. Un miembro de la banda lo había delatado.

Gino le aconsejó que abandonara el país, ya que él lo haría muy pronto. Viajaría a Italia, su tierra natal, así que le dijo que Cuco era un gran amigo y que habían trabajado juntos en la banda.

Al quedar solo, Andrés se lamentaba de su mala suerte. Ahora que había encontrado a Brenda, sufría un revés. Si lo capturaban, perdería la oportunidad de conquistar a la muchacha y comprendió que tenía que andar con mucho cuidado.

Al siguiente día llamó a Brenda, pero la secretaria le dijo que la abogada estaba de viaje y que regresaría en tres días. Estaba muy irritado y pensaba: «Ahora que puedo conquistar a Brenda, nuevos acontecimientos se interponen». Entonces decidió no salir a la calle, pues era peligroso. Sabía que la policía lo buscaba, así que si salía lo haría disfrazado.

Andrés necesitaba comprar algunos alimentos. No quería que Lilia lo acompañara. Se vistió con ropa común, se puso peluca y espejuelos oscuros, estaba irreconocible. Antes de llegar al supermercado, se detuvo a mirar un grupo de niños que jugaban con una pelota. Uno de ellos lanzó la bola, pero como no pudieron atraparla, la pelota rodó y se detuvo a sus pies, así que Andrés se inclinó para recogerla con el brazo ajeno, pero sucedió lo inesperado: el miembro implantado le quitó la peluca. Los niños se reían y se burlaban. Abochornado, se puso la peluca y, a pasos largos, se alejó y entró al supermercado.

En el apartamento, la duda y la inquietud acorralaban a Andrés. Se preguntaba qué estaba pasando con el brazo ajeno. Tomaba la medicina como el médico le había indicado y, sin embargo, en varias ocasiones había sucedido lo mismo: con la peluca, la toalla, el vaso de agua, la carta, el periódico y el cigarro. No encontraba explicación a lo sucedido, pero no quería decir nada a Lilia hasta después de la cita con Brenda. Decidió quedarse en la casa hasta que llegara el día de la entrevista.

Pasaron tres días y Andrés habló con Brenda. La cita en su casa era para el día siguiente en la noche. Él estaba jubiloso y feliz, al fin había logrado lo que tanto deseaba. Ese encuentro era un momento decisivo en su vida e intentaría conquistarla, aun sabiendo que era viuda, y como por arte de magia borró de un plumazo aquellos extraños incidentes que ocurrieron con el brazo ajeno. Ahora solo Brenda ocupaba todos sus pensamientos, no había espacio para otra cosa.

El día de la cita, temprano en la mañana, Lilia se levantó, pero Andrés, aunque rebosante de felicidad, siguió durmiendo. Ella le dijo que regresaría en la madrugada, que tenía que hacer doble turno porque una compañera de trabajo tenía a su hijo enfermo. Escuchó cuando Lilia cerró la puerta de la calle y, poco después, se quedó dormido. Pasada media hora, el brazo ajeno temblaba ligeramente, los vellos se erizaron y se movían los dedos, se levantó y bajó lentamente como si tuviera vida propia. Estaba desconectado de las órdenes del cerebro, así que cogió la almohada y la puso en la cara de Andrés, apretando con fuerza diabólica.

Andrés despertó aterrorizado, cogió el brazo endemoniado e intentó separarlo, pero no cedía ni un milímetro. No podía respirar. Sus ojos parecían salirse de las órbitas, su rostro enrojeció, sabía que su vida terminaría en cuestión de segundos. Hizo un gran esfuerzo y cayó de rodillas al piso. Al hacerlo, la presión del brazo cedió y pudo aspirar una profunda bocanada de aire. Recuperó fuerzas y logró separar el brazo, que quedó flácido. Se puso de pie. Respiraba agitado y tenía los ojos muy abiertos. No podía razonar, estaba atolondrado. Poco después recuperó la normalidad.

Andrés estaba desconcertado, entonces se dio cuenta de que las pastillas se habían terminado y pensó que ese había sido el motivo, aunque no estaba seguro. No quiso llamar a Lilia, pues si lo hacía tendría que ir al hospital y podría ser apresado por la policía que lo buscaba. No quería perder la cita con Brenda, así que decidió que después de la entrevista le contaría lo sucedido.

Pasada media hora, ya sentía el brazo unido a su cuerpo y se tranquilizó. Caía la noche y Andrés se bañaba cantando a todo pulmón mientras pensaba en la cita con la mujer que amaba con locura, que pronto haría suya. Ese pensamiento eufórico era más poderoso que todos los hechos ocurridos, así que borró los otros, ahora solo reinaba la figura de Brenda en sus pensamientos.

Vestido con su mejor traje, salió a la calle, compró un ramo de orquídeas procedentes de la India, subió a un taxi y llegó frente a la lujosa residencia. Tocó a la puerta y apareció Brenda, que lo estaba esperando. Ella lo abrazó y lo besó en la mejilla.

Andrés estaba fascinado con la presencia de la mujer que amaba. El vestido azul de pura seda, ajustado a su escultural cuerpo venusino y sus erectos senos, su lindo rostro, sus ojos verdes y sus labios rojos lo enloquecieron. Esa visión descontroló sus sentidos, haciendo flaquear al malvado. Quedó petrificado mirándola, pero fue por escasos segundos que le parecieron siglos; luego recuperó su estabilidad emocional y aquel corto momento de expectación, que para él fue una eternidad, para Brenda pasó desapercibido.

Andrés tragó en seco y fingió una sonrisa. Apenas pudo pronunciar algunas palabras entrecortadas por la emoción, elogió su belleza colmándola de piropos sin dejar de mirarla de pies a cabeza. Luego le entregó el ramo de orquídeas, ella sonrió y le dio las gracias, poniéndolo en un florero sobre el piano. Mientras ella arreglaba el ramo, Andrés recorrió con la vista la sala. El lujo se desbordaba por todas partes, indicio de que Brenda navegaba en la opulencia y pensó que viviendo sola necesitaría un hombre a su lado, y que ese hombre sería él.

Sentados en el sofá, muy juntos, conversaban y brindaban por el encuentro; luego juntaron las copas y bebieron. Andrés se adelantó y le dijo una serie de mentiras sobre su trabajo y el supuesto empleo en la compañía agropecuaria de la cual sería gerente. Ella lo creyó todo y pasaron al comedor.

La mesa estaba servida para dos y sentados, frente a frente, conversaron. Había dos candelabros de plata, uno a cada extremo de la mesa como única iluminación. El menú era variado, a Andrés le gustó todo, sobre todo las perdices al horno rellenas con pasta de nueces y fresas con un aderezo de queso derretido, hecho con leche de vicuña del Perú. Era el toque perfecto y el sabor más exquisito al paladar. Entre bocado y bocado, la botella de vino francés añejo llegó a su fin.

Cuando terminaron de cenar, pasaron a la sala. Andrés llevó la segunda botella de vino y dos copas, se sentaron en el sofá, muy juntos. Brenda le contó su historia a partir del momento en que se había graduado en la universidad, así como de la herencia que recibió su esposo de parte de su padre al morir de un ataque al corazón. El testamento decía que para recibirla, su compañero tenía que cambiar su nombre y apellidos por el de su padre. Como no tenían dinero, la herencia resolvió muchas cosas y la vida les cambió gracias a una mejor situación económica. Compraron una casa y otras cosas que hacían falta. Fue justo que Luis llevara el nombre y apellido de su padre, Guido Cuevas, y no que hubiera continuado usando el apellido de su tía.

—Pasados varios días nos presentamos en el Registro Civil y Luis cambió su nombre y apellidos por el de su padre. Luego nos casamos —Andrés no recordaba que el hospital llevaba el nombre del esposo de Brenda.

Ella se dirigió a un mueble de caoba, abrió una gaveta, cogió un sobre, regresó y se sentó al lado de Andrés. El suave y delicado perfume que despedía el voluptuoso, tentador y palpitante cuerpo de la joven, trastornó los sentidos de Andrés. Su respiración acarició su rostro como caricia de ángel, así que cerró los ojos y aspiró profundo y, al hacerlo, su cerebro enloqueció. Pensó en abrazarla y besarla en la boca y disfrutar del néctar de sus labios rojos, pero haciendo un gran esfuerzo se contuvo y comprendió que debía ser paciente y cauto, debía trabajar muy fino su relación con ella para conquistarla.

Brenda se sintió mareada y no quiso seguir bebiendo, pero él continuó disfrutando el buen vino. Le enseñó una fotografía donde aparecían Luis, Andrés y Brenda cuando eran niños, con ella en el centro, pero no le prestó atención, esperaba la oportunidad para decirle que la amaba y que quería casarse con ella. La segunda fotografía era en el carnaval de Brasil, ella riendo y abrazada a Luis, quien tenía puesta una careta. Agregó que la fotografía fue tomada un año antes de la muerte de su esposo, pero Andrés apenas la miró.

La tercera fotografía, explicó Brenda antes de que Andrés la viera, había sido tomada en la casa donde antes Luis había vivido. Allí lo habían asesinado. En la fotografía aparecían Luis, Brenda, la criada y su hijo.

Cuando Andrés vio la fotografía se estremeció levemente, pues reconoció la casa donde había cometido el crimen y también a la criada y al niño. Comprendió que había matado a Luis. Andrés, con sangre fría y sin el más mínimo remordimiento, se alegró de lo que había hecho, pues pensó que de todos modos lo hubiera matado para conquistar a Brenda.

Ella explicó que el día en que asesinaron a su esposo iban a viajar junto con la criada y su hijo a una isla del Caribe, pero que Luis tuvo que presentarse en el hospital y atender un caso de extrema emergencia que solo él podía resolver, así que le fue imposible viajar con ellos. Esa noche, un ladrón entró a la casa por la ventana del sótano y lo asesinó de un disparo, robando todo lo que había en la caja fuerte.

—Sufrí mucho por la muerte de mi esposo, pero Dios me dio la resignación para soportarlo.

Andrés guardó silencio, llenó ambas copas y obligó a Brenda a beber. Aunque ella había decidido no tomar más, bebió por complacerlo. Poco después estaba eufórica, alegre y sonriente. Comenzó a reír de manera histérica. Andrés comprendió que estaba ebria y que era la oportunidad que estaba esperando para declararle su amor. De pronto, Brenda lo abrazó y besó varias veces en la mejilla.

—¡Andrés, hermano mío! ¡Cuántos deseos tenía de verte! —y comenzó a reír otra vez de manera descompuesta. Andrés, molesto porque pronunció la palabra «hermano», le dijo—: ¡No, Brenda, no me llames hermano! Siempre estuve enamorado de ti y quiero casarme contigo.

Al escuchar aquellas palabras, Brenda dejó de reír y se puso de pie. Su rostro serio, de líneas duras, indicaba su disgusto.

—¡No, Andrés! Eso que tú deseas nunca podrá ser. Te quiero como hermano y jamás podré quererte de otro modo.

Aquellas palabras, dichas de manera tan firme, hicieron gran impacto en su corazón enamorado, abriendo una profunda herida. Andrés, en su delirio por ese amor imposible y bajo el efecto del vino que trastornó sus sentidos, atrapó a Brenda entre sus brazos y la besó con furia en la boca, un beso del que ella luchaba desesperadamente por librarse tanto como de aquel abrazo de locura. Sin embargo, Andrés disfrutó hasta el final de aquel imposible idilio. ¡De pronto, sucedió lo increíble! ¡Lo insólito! El brazo ajeno se separó de Brenda y sus dedos de acero se clavaron en la garganta de Andrés, quien intentaba desesperadamente separar el brazo endemoniado que le cortaba la respiración. Su rostro se congestionó, tenía los ojos inyectados en sangre, donde podía verse expresada su agonía.

Andrés se movía de un lado a otro. Le faltaba el aire, echaba abajo costosos adornos, derribando vitrinas repletas de costosas vajillas y figuras de porcelana, empujaba muebles que chocaban con la pared y hacían caer cuadros valiosos de pintores famosos. Brenda, de pie, miraba horrorizada aquel extraño espectáculo sin comprender el porqué.

Andrés, desesperado, sabía que en pocos segundos su vida llegaría a su fin. Con su rostro rojo intenso, que se tornó casi negro, y los ojos en blanco, caminó hacia atrás tambaleándose hasta golpearse muy fuerte en la espalda, a la altura de la cintura, con una protuberancia del mueble de caoba. Fue entonces cuando cayó al piso de rodillas y, en la caída, la mano aflojó la presión, de modo que aspiró una bocanada de aire. Hizo un gran esfuerzo y logró separar el brazo, pero sin soltarlo. Luego caminó hacia la puerta de la calle, doblado por el dolor, en el mismo instante en que el hijo de la criada entraba. Luego se perdió en la oscuridad y Brenda cayó al piso desmayada. La criada y su hijo la auxiliaron, pero no lograron despertarla. Entonces la criada llamó a la ambulancia.

En el hospital, Brenda dormía mientras el doctor Alberto le inyectaba un sedante. La criada explicó lo sucedido, pero el médico tampoco comprendía el extraño suceso. El doctor era amigo de Brenda y la visitaba a menudo después de que su esposo muriera. Incluso, luego de pasado un año de luto, le había propuesto matrimonio, pero ella había dicho que era muy pronto para pensar en casarse y que el tiempo decidiría lo que haría con su vida. El médico era un hombre amable, cortés, respetuoso y cariñoso con ella.

Andrés llegó furioso al apartamento, tiraba al piso todo lo que encontraba, le daba puntapiés a los muebles y maldecía el brazo ajeno. Parecía que había perdido la razón, pero comprendió que, debido a su temperamento, su cuerpo se resistía a recibir el brazo de otro hombre, pues nunca le había gustado depender de alguien. Había aceptado el trasplante para disponer de sus dos extremidades.

Sonó el teléfono. Era Gino Paretty que le avisaba que había recibido el informe de un policía cómplice acerca de una lista de narcotraficantes y ladrones donde aparecían sus nombres, de modo que había una orden de arresto para ellos. Gino se despidió, pues estaba camino hacia el aeropuerto.

La situación de Andrés se complicaba, sabía que en cualquier momento podría caer en manos de la policía, así que, otra vez enfurecido, dio puñetazos en los muebles con la mano izquierda y se maldecía a sí mismo por su mala suerte. Pensaba que en el momento más inoportuno, cuando estaba a punto de conquistar a Brenda, el brazo ajeno había tronchado su esperanza de hacerla suya. Estaba desesperado, acorralado. El brazo colgaba flácido, no sentía que estaba adherido a su cuerpo.

El dolor en la espalda debido al golpe lo torturaba. Quiso ver la zona donde se había golpeado. Se quitó la camisa, el reloj pulsera y, frente al espejo, se puso de lado, viendo así una mancha oscura en el lugar donde se había golpeado y al nivel del codo vio algo que lo inquietó más. Finalmente, comprobó que tenía una cicatriz en forma de número siete. Por su mente cruzó un pensamiento aterrador, funesto y tétrico, y sus ojos se abrieron desmesuradamente. No podía creer lo que estaba pensando. Tembló de horror.

Andrés recordó que cuando era niño, junto a Brenda y Luis una vez quisieron ver un auto muy antiguo que había en el garaje del vecino, un anciano resabiado con los niños que no les permitía la entrada. Así que mientras Brenda vigilaba, desprendieron la tabla de abajo e ingresaron. Una vez dentro, subieron al auto, movieron el timón y las palancas e hicieron ruido con la boca imitando al motor en marcha. De pronto escucharon la voz de ella diciendo que el anciano se dirigía hacia el garaje. El pánico se apoderó de ellos. Boca abajo, se deslizaron con rapidez por el angosto espacio y ambos se hicieron una herida con un clavo en el codo derecho con la figura de número siete.

La duda torturaba a Andrés, se resistía a creer que era cierto lo que estaba pensando. Se puso la camisa de manga corta, descolgó el teléfono y llamó a Lilia. Aparentó una calma que estaba muy lejos de sentir y le dijo:

—Lilia, necesito que averigües con tu amiga Ana a quién perteneció el brazo que me injertaron —ella le dijo que eso era imposible, que estaba prohibido por ley. Andrés, con voz fuerte y dominante, le dijo que si en una hora no le daba la respuesta, cuando regresara al apartamento él ya no estaría, que se marcharía muy lejos, que jamás lo encontraría. Colgó el teléfono.

Lilia estaba desesperada, pues había notado en la voz de Andrés que algo grave sucedía. Pensó en la medicina que se le había terminado, pero desechó la idea e imaginó que era algo mucho más grave que no quería decir. Entonces fue a ver a Ana y le explicó lo sucedido. Su amiga quiso ayudar a su amiga a riesgo de que la descubrieran y expulsaran del trabajo, así que, pasada media hora, le entregó la información.

Andrés estaba desesperado por la incertidumbre y la angustia de aquel torturador pensamiento que lo consumía. Caminaba de la sala a la cocina esperando escuchar el teléfono. El brazo ajeno colgaba; cuando quería levantarlo, no respondía. Notó que el color de la piel se había oscurecido, ya no sentía que estaba unido al cuerpo.

Andrés pensaba: «¿Será cierto que el brazo ajeno pertenecía a...?» Pero desechó la idea; era imposible, era una idea descabellada sin fundamento alguno, pero otra vez regresaba el mismo pensamiento inquietándolo, martillando su cerebro. Se llevó la mano izquierda a la cabeza, estaba a punto de volverse loco.

Desesperado, llegó al pequeño mueble, lo abrió y cogió una botella de ron que estaba abierta. Bebió un largo trago, puso la botella en la mesa, luego quiso fumar y se dirigió a la cocina y prendió fuego al cigarro. Apenas había dado dos fumadas cuando sonó el teléfono. Era Lilia.

—Ana me entregó la siguiente información: el brazo injertado perteneció a un médico asesinado en cuyo testamento dona sus extremidades al hospital. Su nombre es Guido Cuevas.

Lilia continuó hablando, pero Andrés no la escuchaba. Había dejado el teléfono descolgado, pensaba en lo que Brenda le había dicho: el hospital llevaba el nombre de su esposo, a quien él había asesinado. Los ojos y la boca de Andrés estaban desmesuradamente abiertos por el terror, estaba enmudecido, petrificado. Con lentitud, giró la cabeza para mirar el brazo ajeno y de su garganta escapó un terrible grito de horror.

—¡NOOO, NO PUEDE SER! ¡ES EL PEOR CASTIGO!

Y, en realidad, era el peor castigo para Andrés llevar en su cuerpo el brazo del hombre que había asesinado. Comprendió el porqué de aquellos extraños sucesos que lo acosaban. Regresó a la cocina, abrió una gaveta y cogió un cuchillo. Cortaría el brazo, no soportaba tener ni un minuto más tenerlo en su cuerpo. La punta del cuchillo entró en la carne y la sangre brotó; vaciló por algunos segundos, pensó que si cortaba el brazo moriría desangrado. Tampoco podía ir al hospital para que le amputaran el brazo, podía caer en manos de la policía. Andrés tenía los ojos inyectados en sangre, le costaba trabajo mantenerse en pie. Desesperado, mirando el brazo, gritó:

—¡NO, BRAZO MALDITO! ¡NO ME VENCERÁS! —y reía y lloraba como si hubiera enloquecido—. ¡Todavía tengo recursos para luchar contra ti! ¡No vas a volverme loco!

Andrés parecía que había perdido la razón. Continuó diciendo:

—¡No me vencerás, doctor Cuevas! ¡Estoy vivo y tú estás muerto! ¡Te arrancaré de mi cuerpo y lo echaré a los buitres, y tus huesos calcinados por el sol servirán de alimento a los coyotes!

Empinó la botella hasta vaciarla y al hacerlo quedó mudo. Nada decía, pero seguía con los ojos y la boca abiertos, con una expresión de espanto e incredulidad. Tambaleándose, llegó al baño, cubrió el brazo con una toalla, pues no quería verlo, y regresó. Entró a la habitación y se dejó caer en la cama boca arriba. Luego quedó profundamente dormido y comenzó a roncar.

En el hospital, Lilia caminaba por el pasillo con la bandeja en sus manos, rumbo al cuarto 225. Cuando terminara su trabajo, regresaría a casa, pero el destino le tenía preparada una situación inesperada y de consecuencias insospechadas: en aquella habitación estaba recluida Brenda. Entró y vio que la iluminación era mínima, puso la bandeja en la mesita y encendió la luz. Brenda despertó.

Lilia miró a aquella mujer bonita, vio que su rostro reflejaba sufrimiento y amargura, estaba muy afligida, así que la ayudó a sentarse, puso una almohada detrás y le dio la medicina. Brenda pidió agua, así que Lilia llenó el vaso. Entonces vio el anillo de la enfermera y dijo:

—¡Qué anillo precioso! ¿Me permites verlo de cerca?

Lilia sonrió y Brenda extendió la mano. Lilia la recibió entre las suyas mientras la enferma inspeccionaba el anillo; luego colocó en la mesita todo lo que había en la bandeja, la miró y vio que se había dormido. La enfermera apagó la luz y se marchó. Lo que había sucedido era que Brenda había reconocido su anillo, el más costoso que su esposo le había regalado para el día de su boda y, debido a la sorpresa, se desmayó.

Eran las dos de la madrugada cuando Lilia entró al apartamento y encontró a Andrés boca arriba roncando. Se extrañó al ver la toalla en el brazo, así que la quitó y lo volteó para que quedara de lado sobre el brazo izquierdo. Andrés dejó de roncar y Lilia fue a la cocina. Allí vio el frasco vacío y pensó que ese había sido el motivo por el cual él la había llamado por teléfono. Regresó al cuarto. Estaba muy cansada por haber trabajado muchas horas, así que se quitó los zapatos y se acostó a su lado, y poco después se quedó dormida. Pasó el tiempo. El resplandor de la luz de la cocina entraba al cuarto y el reloj marcaba las cuatro de la madrugada.

En el hospital, Brenda despertó medio aturdida, pero recobrando la lucidez. Entonces recordó el anillo que había visto en la mano de la enfermera y comenzó a gritar a todo pulmón:

—¡La policía, que venga la policía! ¡Ella tiene el anillo que me robaron!

Dos enfermeras que habían escuchado el grito entraron al cuarto, pero no comprendían lo que Brenda seguía repitiendo y pensaron que había perdido la razón, así que una de ellas fue a buscar al doctor Alberto. Llegó el médico y Brenda lo cogió de la mano con vehemencia y, muy angustiada, le dijo:

—¡Alberto, llama a la policía! ¡La enfermera rubia tiene mi anillo, el que robaron el día que asesinaron a mi esposo! ¡Su novio es el asesino!

El doctor Alberto se dio cuenta de que Brenda estaba en sus cabales; además, él ya había visto el fabuloso anillo de Lilia, así que llamó a la policía.

En pocos minutos llegaron dos policías. Brenda estaba más calmada y segura de sí misma, así que explicó con lujo de detalles lo que había ocurrido con el asesinato de su esposo y el robo de las joyas. En ese mismo instante entró una enfermera y enseñó una fotografía de Lilia y su novio que había encontrado en la habitación donde las enfermeras se cambiaban de ropa. Brenda, al verla, quedó estupefacta y les dijo que ese hombre era Andrés, que había asesinado a su esposo, robado las joyas y que además la había atacado. Los policías vieron su fotografía y dijeron que ese hombre era buscado por narcotráfico y robo.

En el apartamento de Lilia el reloj marcaba las cinco de la madrugada. Andrés y la enfermera dormían plácidamente. De pronto, el brazo ajeno se levantó. Sus vellos se erizaron, movió los dedos y palpó con suavidad el anillo de la mujer. Luego, los dedos se clavaron en su garganta, provocando que esta se despertara. El terror se reflejó en su rostro mientras sujetaba con ambas manos el brazo, pero una fuerza sobrenatural lo dominaba, era como de acero. Poco después, los brazos de Lilia quedaron inertes. Andrés despertó y vio la mano del brazo ajeno en el cuello de la joven. Los ojos de ella estaban abiertos, parecía que miraba a Andrés, quien al instante gritó horrorizado poniéndose de pie. El brazo colgaba inerte, no lo sentía unido a su cuerpo.

El terror se había apoderado del asesino. Sus ojos y boca estaban muy abiertos, expresando el terror que sentía. Andrés pensó que tenía que escapar al país vecino, pues nadie creería que él no la había estrangulado. Cogió la bolsa con las joyas, el dinero y la puso en la cama; abrió una gaveta, sacó un pantalón, una camisa, ropa interior, pasaporte, etc.; se dirigió a otra habitación, abrió un clóset y cogió una maleta pequeña, pero en ese mismo instante vio a través de la ventana luces rojas y azules intermitentes. Comprendió que era la policía. Escuchó que golpeaban la puerta y se dispuso a entrar al cuarto para recoger la bolsa y los documentos cuando escuchó que rompieron la ventana. La policía entraba al cuarto. Andrés actuó rápido: solo pudo coger algo de dinero, el pasaporte y corrió al patio.

La policía vio el cadáver de Lilia, que aún tenía los ojos abiertos, además de la bolsa con las joyas, el reloj y otros documentos de Andrés. Salieron al patio, pero ya había desaparecido. Una señora de la casa de al lado le dijo a los gendarmes que había visto salir a un hombre que se metió por un hueco en la cerca y que desapareció en los edificios abandonados.

Dentro de un edificio estaba Andrés. Vio cuando dos policías cruzaron la cerca y se dirigían hacia donde se encontraba; pensó que si se escondía, tarde o temprano lo descubrirían, sobre todo cuando la policía trajera a los perros.

Andrés corrió y en su loca carrera tropezó, cayó y se golpeó la rodilla. Luego se frotó con las manos para aliviar el dolor y vio fuera de lugar la tapa del alcantarillado con la que había tropezado. Miró el hueco y vio hierros incrustados en el cemento a poca distancia unos de otros, así que entró. Su cuerpo ocupaba casi todo el diámetro del tubo, entonces puso la tapa en su lugar y al hacerlo la oscuridad fue total. El brazo ajeno colgaba, así que cuando llegó al fondo del tragante, metió la mano en el bolsillo izquierdo del pantalón para sacar la linterna y alumbrar.

Vio otro tubo de mayor diámetro en forma de T, ahora podía caminar agachado, pero estaba indeciso si lo hacía a la derecha o la izquierda. Entonces sintió en el rostro la corriente de aire viciado que procedía de la parte izquierda y al alumbrar con la linterna vio que no había obstáculo alguno hasta donde llegaba la luz, de modo que la apagó y caminó cauteloso, apoyando la mano izquierda en la pared. De vez en cuando alumbraba hasta que llegó a otro tubo de mayor tamaño por el que podía caminar sin agacharse. Estaba cansado. Calculó que había caminado más de una hora. Se sentó. El aire fresco, sin mal olor, se filtraba por alguna parte; imaginó que estaba cerca de la salida al exterior.

Andrés reanudó la marcha. Siempre alumbraba para asegurarse de que no hubiera en el piso algún objeto con el que pudiera tropezar. Había caminado largo trayecto cuando una oleada de aire más fuerte corrió por el tubo, de modo que la salida estaría cerca. Andrés había perdido la noción del tiempo e imaginó que estaría cayendo la tarde. El brazo ajeno le colgaba inerte, como si no existiera.

De pronto, escuchó aquel sonido extraño a su espalda, que se acercaba y no podía identificar de qué se trataba, así que alumbró con la linterna y lo que vio lo paralizó de terror: eran cientos de ratas hambrientas que se acercaban. Corrió espantado, pues cada vez que alumbraba, los roedores estaban más cerca, corriendo más que él. Andrés llegó a una curva y vio la claridad del día; pensó que estaba a salvo, pero tropezó y cayó. En el corto trayecto hasta la salida, el techo se había derrumbado y no podía correr.

Las ratas se acercaban, a su olfato llegaba el nauseabundo olor que despedía el asqueroso cuerpo de los roedores. Agachado, con las manos y pies sobre los escombros, intentaba llegar a la salida. De pronto, sintió un terrible dolor en la mano izquierda: una rata lo había mordido, así que sacudió la mano y el roedor cayó con un pedazo de carne entre los dientes. Andrés se puso de pie, pero las ratas comenzaron a saltar sobre él. Gritaba horrorizado. Lo mordían por todas partes y la sangre brotaba.

En su agonía, llegó al final del tubo y se lanzó, cayendo entre matorrales y aplastando con su cuerpo a varias ratas mientras el resto desaparecía en la espesa vegetación. Sin embargo, se levantó y caminó hasta el fondo de una cañada seca y escuchó un ruido proveniente de un vehículo. Subió la cuesta y vio a un camión envuelto en una nube de polvo con un grupo de hombres que se alejaba. En el horizonte, el sol rojizo declinaba, pronto llegaría la noche.

Andrés se dio cuenta del lugar donde se encontraba al ver un caserón rojo, el mismo que había visto cuando viajaba en tren. Sonrió, sabía que por allí pasaría muy pronto el tren que, al llegar a la curva, lo haría lentamente y le sería fácil subir para llegar al país vecino por ayuda. Ya no sangraba. Llegó a un estanque lleno de agua y se lavó el rostro, brazos y piernas. Por suerte, las heridas no eran profundas.

Andrés necesitaba desinfectar las heridas. Pensó que dentro del caserón encontraría algún líquido que sirviera como desinfectante. Llegó a la puerta, pero tenía puesta una cadena con candado, así que buscó un hierro por los alrededores. Regresó y lo metió en el hueco donde estaba la cadena y abrió la puerta. El resplandor del rojo atardecer penetró hasta el interior, donde había un tractor, una sembradora y otros aperos de labranza.

Llegó al fondo de la casa y vio tres tanques. Pasó la mano por el primero y comprobó que era aceite para motores; el segundo tenía insecticida y, el tercero, gasolina que serviría como desinfectante. Se lavó brazos y piernas para desinfectar las heridas, pero tuvo que retirarse, estaba mareado por el olor a gasolina. Entonces, se sentó a la salida y recostó la espalda a la puerta, donde el aire del atardecer alivió el mareo. Poco después, el estridente pito del tren y la intensa luz de la máquina lo impulsaron como un resorte. Corrió hacia él, el cual entraba despacio a baja velocidad en la cerrada curva y subió.

En el país vecino visitó a un médico y recibió la atención debida. Le inyectaron antibióticos y vacuna contra el tétano.

Andrés explicó que accidentalmente había caído a un estrecho pozo cubierto de enredaderas espesas, donde había nidos de ratas que lo atacaron. Ya repuesto y fuera de peligro, compró ropa y zapatos. Entonces pensó en su amigo, el doctor Vaugh Higguy. Buscaría la manera de viajar a Dresden, Alemania.

Andrés, hombre de muy buena suerte, pronto encontró trabajo como ayudante de camionero. Se sorprendió cuando leyó aquel letrero: la compañía donde trabajaría era alemana. Esto le facilitó llevar a cabo su plan. Trabajó varios meses y cuando reunió suficiente dinero, en el primer viaje a Alemania se quedó. Luego viajó a Dresden. Al llegar, le fue fácil averiguar la consulta del doctor Vaugh Higguy.

El médico se llevó la gran sorpresa al recibir la visita de su amigo, de quien hacía mucho tiempo no sabía nada. Ciertamente, Andrés, si hubiera jugado a la lotería, sería millonario, pues la suerte siempre le acompañaba. El doctor le dio trabajo como su ayudante cuando realizaba operaciones y también en el necrocomio para trasladar los cadáveres. Andrés quiso cambiar de nombre, sabía que la policía lo buscaba y ahora bajo el amparo del médico se sentía tranquilo y se puso por nombre Nuflo. Se dejó crecer el pelo, bigote y barba. Estaba irreconocible.

Washington, Estados Unidos. La joven miró su rostro en el espejo. Poco después, las lágrimas corrieron por sus mejillas, comprendió que su cutis era horrible. Zisny Collore, de veinte años de edad, se había hecho varios tratamientos faciales para mejorar su imagen, pero las huellas dejadas por el acné en sus pómulos dejaron hoyos profundos y abultamientos sebáceos que no desaparecían, y sufría lo indecible.

Se había sometido a costosos tratamientos; había dejado su avanzado estudio universitario debido a las críticas que recibía por su dermis dañada. Sin embargo, tenía un cuerpo escultural y era bonita, una verdadera modelo, pero su cutis era realmente feo, así que pretendía regresar a la universidad cuando lograra tener un rostro aceptable para no recibir críticas que herían su ego y autoestima.

La muchacha tenía pocas amistades, apenas salía a la calle y, cuando lo hacía, era para hacer compras. No hacía vida social, a pesar de la buena situación económica que sus padres tenían y del dinero que gastaban con los mejores dermatólogos para mejorar el rostro de su hija. Todos los esfuerzos resultaron en vano. Su hermana Nívea, de 18 años de edad, poseía un rostro angelical y un cutis terso como pétalo de rosa, pero su cuerpo estaba pasado en libras, claramente, no podía competir con el de su hermana.

Zisny había aprendido francés en la universidad y alemán con su madre, de nacionalidad alemana. Dedicaba poco tiempo a ver televisión, pues detestaba los anuncios de cosméticos y cremas faciales representados por damas con cutis adorables, finos y tersos como los ángeles. Sufría mucho. Su sueño era llegar a participar en el concurso Miss Cutis Universal, no obstante, esto era irrealizable. Sabía que si se presentaba sería rechazada, que solo cuando tuviera un cutis perfecto podría aspirar y competir, pues sabía que sería aceptada. Su madre le daba ánimo y esperanza para aliviar su sufrimiento.

Un día leyendo una revista alemana, se interesó por un médico alemán que había inventado una fórmula que hacía renacer un cutis perfecto. La noticia prendió la llama de esperanza en su corazón. Habló con sus padres y ambos estuvieron de acuerdo en que viajara con su hermana a Alemania para entrevistarse con el médico. Se hospedarían en casa de la tía, hermana de su madre.

Pasaron dos meses. Zisny regresó a su hogar con un rostro nuevo y un cutis perfecto, como los ángeles; una cara «envidiable» y una piel fina, suave y tersa como la de un bebé, así que se inscribió en el concurso Miss Cutis Universal.

El caso que habían puesto en sus manos le pareció a Ursus Vitale, detective y fisonomista, fácil de resolver. Sin embargo, su corazón le decía que, aunque parecía sencillo, en realidad no lo era. Por su gran experiencia, presintió que el peligro estaría presente, que la investigación tendría consecuencias insospechadas. Ese presentimiento perturbador no era impedimento para continuar su labor, pues estaba acostumbrado a enfrentar el peligro. Nunca había dado un paso atrás y siempre terminaba su trabajo con éxito.

Ursus se había destacado por su profesionalismo; trabajaba para el gobierno de Washington y tenía la capacidad para desenvolverse en los oficios de detective y fisonomista. Se preparaba primero antes de actuar, recopilando datos y uniendo cabos hasta resolver los casos, como este que habían puesto en sus manos. Se trataba de la señorita Zisny Collore, una americana que había ganado el concurso Miss Cutis Universal y que había desaparecido en el segundo viaje a Dresden, Alemania. Ella se había relacionado con un médico cirujano plástico, el doctor Vaugh Higguy, quien le devolvió su cutis perfecto y adorable.

El día del certamen todos los asientos en el teatro estaban ocupados, las cámaras de televisión estaban distribuidas en distintos ángulos, el jurado en primera fila compuesto por nueve jueces, hombres y mujeres: artistas, cantantes y músicos. Detrás del jurado, en segunda fila, estaban sentados Ursus Vitale, de treinta años, y el doctor Andrew Selis, dermatólogo de la misma edad. Al terminar la presentación de las concursantes que representaban a sus respectivos países, comenzó el show musical. Los dos amigos conversaban. Ursus dijo:

—Apuesto cien dólares a que Miss Estados Unidos ganará el concurso.

—Acepto —respondió Andrew—. ¿Por qué estás tan seguro de que la señorita Collore ganará el concurso?

—Bueno, tengo mi dote natural y mi profesión que me ayuda, pero estoy seguro de que ella será la ganadora. La vi en un video, en fotografías y ahora en la pasarela, creo que es la tercera vez que gana el concurso.

—¡¿Qué dices, hombre?! ¡Estás loco! ¿En qué te basas para asegurar que ella ganará el título? Sabes muy bien que quien gana el título no puede presentarse otra vez.

—¡Claro que no, hombre! Me refiero al tipo de piel, no a la persona. Perdona por no aclarar antes ese detalle, pero me baso en la experiencia que tengo por seguir este evento desde su comienzo. Soy fanático del concurso, me encanta ver a esas hermosas muchachas y la belleza de sus cutis. Las tres últimas ganadoras tienen algo en común: el mismo tipo de piel. Mi profesión como fisonomista no me engaña, sé muy bien cómo funciona el evento porque llevo trabajando cinco años para el gobierno, en Washington, y en ese tiempo he adquirido bastante experiencia en cuanto a distinguir rostros humanos y tipo de piel.

Callaron, el espectáculo había comenzado. Hermosas jóvenes desfilaban frente al jurado vestidas con esplendorosos vestidos. Cuando apareció Miss Estados Unidos, Ursus tocó con el codo a su amigo y le dijo en voz baja:

—Fíjate en la piel de su rostro cuando la cámara hace un acercamiento. Es diferente a las demás muchachas, observa su tersura, es como piel de bebé. Tú mejor que nadie puede apreciar ese detalle, es tu profesión, no la mía.

Andrew no dijo nada, intrigado miró con suma atención el cutis de la joven y luego a la siguiente. Comprobó que era cierto lo que decía su amigo, la piel del rostro de Zisny Collore era diferente a la de otras concursantes. En su mente la comparó a un globo inflado al máximo, terso y liso. Solo un dermatólogo podía apreciar a simple vista ese detalle; Ursus no lo era, pero tenía mucha experiencia como fisonomista y su profesión lo ayudaba en ese campo.

Llegó la parte final del evento. Las dos finalistas cogidas de la mano esperaban ansiosas el resultado, eran Miss Estados Unidos y Miss Alemania. El animador recibió un sobre del jurado, lo abrió y miró a las dos, estaban nerviosas. Hubo silencio, solo roto cuando el animador abrió el sobre. El público, expectante, esperaba ansioso el resultado.

—Miss Alemania ganó el segundo lugar!

—¡Me gané los cien dólares!

—Te los pagaré el fin de semana cuando visite tu oficina para ver eso que me dijiste que quieres que vea.

El sábado, en la oficina de Ursus, su amigo le pagó los cien dólares. Este abrió la gaveta y extrajo un álbum lleno de polvo, lo sacudió y entregó a Andrew disculpándose:

—Perdona, Andrew, la limpieza en mi oficina está por el suelo. Sé que en la tuya no hay polvo, pero no me regañes, soy celoso con mis cosas y hago yo la limpieza; en cuestión de higiene me llevas la delantera. El álbum tiene polvo que se cuela por todas partes. Mi hobby de guardar fotografías de Miss Cutis Universal lo tengo desde que comenzó el concurso, considero que es un pasatiempo como cualquier otro.

Andrew replicó:

—Eso no tiene importancia, enséñame lo que me dijiste.

Ursus abrió el álbum y señaló las fotografías de las tres Miss Cutis Universal que habían ganado el concurso y luego el de varias damas que habían ganado el segundo y tercer lugar. Puso las fotografías juntas de las tres. Andrew, lupa en mano, las examinó y dijo:

—Es asombroso cuando se aplica con interés el sentido de observación, entonces aparecen cosas que antes pasaban desapercibidas. Es cierto lo que dices, amigo, el cutis de las tres Miss Cutis Universal, la piel de sus rostros es del mismo tipo. Sin embargo, las ganadoras de segundo y tercer lugar tienen cutis bonitos, pero distintos, no pueden competir con las que ganaron el título de Miss Cutis Universal. Puedo apreciar la textura, la tersura, la piel es tan fina como un globo inflado al máximo, creo que esa piel pertenece a...

—¿A qué? —preguntó Ursus.

—No... nada, es una idea descabellada que no tiene ningún fundamento. Me doy cuenta de lo que dices, amigo. Comparando el rostro de ellas con otras damas se nota la diferencia, pero el público es imposible que pueda apreciar ese detalle que pasa inadvertido, ¿qué hay detrás de todo eso?

—Bueno, eso mismo me pregunto yo, por eso quise que vieras las fotografías. La intriga me acosa, deseo desentrañar el misterio de la desaparición de Zisny Collore y necesito tu ayuda. Mira esto.

Ursus abrió la gaveta del escritorio, cogió un sobre, lo abrió y le entregó una fotografía de Zisny Collore. Se la había dado su madre para facilitar la investigación. Ursus dijo:

—Andrew, fíjate en su rostro, tiene horribles defectos en el cutis debido al acné. Jamás la aceptarían para participar en el concurso, es bonita y tiene un cuerpo escultural, pero con ese cutis no va a ninguna parte. Sin embargo, después de que se trató con un médico alemán llamado Vaugh Higguy, ganó el concurso de Miss Cutis Universal. A su regreso a Dresden desapareció y me asignaron el caso para que lo investigue. Recopilé datos sobre la anterior Miss Cutis, que también desapareció.

Intercambiaron miradas buscando una respuesta, pero no la encontraron. Ursus añadió:

—Andrew, hay misterio en el caso de la señorita Collore, te suplico que me ayudes a resolverlo, pues es la primera vez que me siento atrapado y no sé por dónde empezar. Necesito que me acompañes a Alemania, yo solo no podré desentrañar este caso; es mi profesión, mi reputación y no puedo fallar. Me entregaron el caso porque confían en mí y no puedo defraudarlos.

El doctor Andrew quedó pensativo, luego miró a su amigo y le dijo:

—Te acompaño, pero antes tengo que resolver algunos asuntos. En una semana estaré listo para viajar. Ese caso de la señorita Collore está en el campo de mi profesión y me interesa saber cómo hizo el doctor Vaugh para lograr el milagro de tomar un cutis dañado y volverlo perfecto.

—¡Gracias, amigo, sabía que no me fallarías!

Estrechó la mano agradecido y agregó:

—Tengo esta información: «El doctor Vaugh Higguy es un dermatólogo y médico forense americano de padres alemanes. Se graduó de médico en Estados Unidos, residió en Washington D.C. y luego en Alemania, en la ciudad de Dresden. Está casado con la ganadora de Miss Cutis Universal de hace tres ediciones». Presiento —continuó— que Higguy tiene mucho que ver con la desaparición de la señorita Zisny Collore. Su padre fue un médico que trabajó bajo las órdenes de Hitler, lo que influyó mucho en su profesión. Pienso que al estar bajo las órdenes del *führer* adquirió malas mañas, ya que Hitler fue cruel y sanguinario, y en el laboratorio hacía horribles experimentos con seres humanos. Creo que esa horrible experiencia la transmitió a su hijo.

Andrew juntó las cejas como interrogante y comprendió que en el caso de la señorita Collore había misterio. Por ese motivo sintió más interés en ayudar a su amigo.

En el avión conversaban e intentaban encontrar una brecha para comenzar a desentrañar el misterio y la desaparición de la señorita Collore, pero se dieron por vencidos, era imposible sin tener a mano ciertos datos hacer un análisis aceptable y sacar conclusiones justas y concretas. Los dos hablaban alemán y les sería más fácil hacer la investigación del caso cuando llegaran a Alemania.

Al siguiente día, en el hotel, Ursus buscó en la guía de teléfonos a Vaugh Higguy y anotó la dirección. El taxi se detuvo frente a una antigua residencia, una de las más lujosas que había en el área. A la entrada había una puerta de rejas muy alta, controlada electrónicamente desde el interior de la mansión, y al fondo estaba el necrocomio y el cementerio.

Un hermoso y bien cuidado jardín adornaba la entrada. Había pequeños arbustos floridos que competían en belleza con diferentes plantas ubicadas a ambos lados del sendero que comenzaba desde la residencia y se ramificaba hacia otras áreas donde había bancos pintados de rojo y una laguna. La orilla estaba sembrada de pequeñas plantas rastreras floridas y en el agua flotaban hermosas flores acuáticas. Dos cisnes blancos y varios patos nadaban en las quietas aguas; algunos pájaros picoteaban la hierba y otros canturreaban en los arbolitos. Dos pavos reales exhibían vanidosos sus esplendorosas colas en forma de abanico y hacían del lugar un pequeño paraíso de paz y armonía.

Ursus apretó el botón rojo y vio en lo alto una cámara que los enfocaba. La puerta se abrió y caminaron por el hermoso sendero aspirando el perfume que despedían las flores. Cuando llegaron al frente de la mansión, había un pequeño estanque repleto de peces de colores. Subieron varios escalones. Frente a la puerta había un hermoso gato amarillo durmiendo sobre una alfombra del mismo color, pero el felino ignoró a los visitantes y siguió durmiendo.

Ursus tocó a la puerta y apareció un hombre vestido de blanco de aspecto muy raro, con movimientos pausados. Parecía un robot. Tenía la mirada fría, vacía y perdida, pestañeaba muy seguido. Su abundante cabellera negra, grueso bigote y barba tenían un aspecto intrigante. Al doctor Andrew le pareció que sufría por algún motivo. El hombre sonrió de forma mecánica y la sonrisa se quedó congelada por varios segundos. Entonces dijo:

—Me llamo Nuflo, jefe de la servidumbre. ¿Qué desean?

Ursus respondió:

—¿Es aquí donde vive el doctor Vaugh Higguy? Queremos verlo, somos compatriotas. Mi amigo es médico y llegamos ayer de Estados Unidos.

Nuflo exageró la sonrisa y se mantuvo pestañeando muy rápido. Luego los invitó a entrar y se sentaron en el sofá, mientras se alejaba por un largo pasillo.

Se asombraron por la elegancia y el buen gusto en la decoración de la sala. Las cortinas eran de color damasco y el piso de mármol blanco. Había trofeos colocados estratégicamente, cuadros grandes y pequeños de pintores famosos. Los muebles eran de caoba y en las esquinas, a cada lado del pasillo por donde Nuflo había desaparecido, había jarrones chinos repletos de flores. La alfombra, estilo oriental con dibujos que tocaban un tema erótico, asombró a los dos.

Cerca de la chimenea vieron un piano de cola blanco y, frente al él, en la pared, la cabeza de un búfalo cuyos ojos brillaban como si tuviera vida. A la izquierda había tres grandes cuadros. Se acercaron y al llegar se sorprendieron, pues eran las tres últimas Miss Cutis Universal. Intercambiaron miradas de asombro y coincidieron en la misma pregunta: ¿por qué Vaugh tenía esos cuadros con la fotografía de las tres ganadoras del concurso, como si esas mujeres le pertenecieran y fueran de su propiedad? Ningún médico tiene en su casa fotografías de sus pacientes, en todo caso, las tendría en su consulta.

El sonido del gong de un viejo reloj de pared ubicado del lado opuesto al pasillo les llamó la atención. Se aproximaron y al llegar de nuevo se sorprendieron, no por el viejo mueble de caoba que parecía tener un siglo, sino por lo que había dentro del reloj. El péndulo de bronce pulido tenía la figura de los genitales masculinos y en el cristal había grabado una pareja desnuda en posición erótica. Los dos pensaron lo mismo, había algo raro en la conducta del doctor Vaugh y estaban dispuestos a investigar hasta el final la desaparición de las dos últimas Miss Cutis Universal.

Llegó Nuflo, que aún mantenía la rara sonrisa. Hizo señas para que lo siguieran y los condujo a otra habitación donde abrió la puerta y entraron. Este cerró la puerta y se marchó. En la habitación había varios muebles repletos de libros y un escritorio; a cada lado había uno de metal negro con varias gavetas. Frente al escritorio había cuatro sillas sobre una alfombra similar a la que habían visto en la sala con dibujos eróticos y en otra pared había un mueble de caoba de patas torneadas, y encima una figura de cristal de sesenta centímetros de alto de un hombre y una mujer desnudos. Vieron que las patas de las cuatro sillas de caoba imitaban penes con el glande hacia abajo. Extrañados de tanta exhibición sexual, se sentaron en las sillas a esperar al doctor Vaugh. Sobre el escritorio había un pisapapeles de vidrio con la figura de los genitales del hombre.

A su espalda escucharon la voz del doctor Vaugh, a quien esperaron de pie. El médico caminaba ligero a pesar de su obesidad y cojeaba del pie derecho. Tenía un cuerpo rollizo con un abultado vientre, era de mediana estatura y poseía una barba blanca y patillas bien cuidadas; se destacaba por una pronunciada calva con escasos cabellos a los lados y llevaba espejuelos redondos de cristal grueso por anteojos a causa de su miopía. Sus ojos negros, pequeños y muy juntos, como los de los gorilas, brillaban cual arañas, y cuando sonreía se desaparecían al juntarse los párpados con las cejas espesas de pelos gruesos. Parecía un ogro enano. Sus cachetes regordetes de carne flácida se movían cuando hablaba. Vestía una bata blanca desabrochada al frente.

Vaugh extendió la mano, sonrió a medias, apenas exhibió sus dientes grandes y una boca sin labios. Estrecharon su diminuta mano que parecía la de un niño, pero llena de vellos blancos. Andrew creyó que le sería imposible mantener el bisturí con firmeza. Con voz gruesa, hueca, seca y quebrada, dijo:

—Disculpen, caballeros, la tardanza. No acostumbro a recibir visitas sin cita previa, pero al saber que son compatriotas y profesionales, estoy aquí para atenderlos y servirles en lo que esté a mi alcance —y estrechó la mano de ambos.

—Muy amable —dijo Ursus.

—Encantado, colega —agregó Andrew—. Sabemos que nació en Estados Unidos y se radicó aquí en Dresden junto a su padre y...

—Exactamente —interrumpió Vaugh—, usted está muy bien informado. Es un honor para mí tener en casa a dos compatriotas. Le debo mi carrera a Estados Unidos. Cuando mis padres se divorciaron, mi madre fue a ese país cuando estaba gestándome en su vientre. Ella viajó junto a su hermano, quien residía en

Washington, y pasado varios años se casó, pero no tuvo hijos. Mi padrastro fue un verdadero padre para mí. Cuando me gradué decidí buscar a mi padre biológico, a quien conocía por fotografías, y estuve a su lado hasta la hora de su muerte. Visitaba a mi madre todos los años y cuando ella murió no viajé más a Estados Unidos.

Aquí me especialicé en cirugía plástica, pero también trabajo como médico forense. Mi padre me ayudó mucho en mi profesión. Cuando murió, comencé a hacer los trámites para recibir una complicada herencia, pues mis papeles legalmente no estaban del todo bien. No me explico cómo pudo suceder, pero, bueno, así comenzó el litigio en la familia, todos querían meter la mano y apoderarse de la herencia. Han pasado varios años y todavía estoy esperando la decisión de la corte. Ahora estoy indeciso si recibo o no la herencia debido a tanto papeleo y problemas con la familia; algunos de ellos pasaron a ser mis enemigos. ¡Estos problemas legales me agobian, angustian y me atormentan! A mi edad necesito paz, armonía... Pero, ¡basta ya de aburrirlos con mis problemas personales! ¿A qué se debe vuestra agradable visita?

Ursus habló

—Doctor Vaugh, perdone si mi pregunta le molesta, sé que me estoy metiendo en lo que no debo, pero... ¿cuál de las tres mises es su esposa?

—Las tres —respondió sin vacilar.

—¿Las tres? ¿Cómo es posible?

—Bueno... legalmente solo una, las otras son queridas. Lo confieso como hombre y porque ustedes son mis compatriotas, pero no tengo que informar a nadie lo que hago en mi vida privada. Pero, dejemos este asunto a un lado que no es de vuestro interés. Vengan conmigo, los llevaré al bar y tomaremos algunos tragos y allí conversaremos. Hay que celebrar este encuentro entre compatriotas.

Mientras Vaugh preparaba los tragos, se sentaron en sillones reclinables frente a una mesa de cristal ovalada cuyo soporte eran tres mujeres desnudas de mármol. Sobre la mesa había dos figuras de barro de regular tamaño, un hombre y una mujer, y la figura masculina estaba con el pene erecto. El asombro se reflejó en el rostro de ambos. La alfombra tenía los mismos dibujos eróticos que había en la sala, entonces comprendieron que la insinuación sexual estaba por todas partes, pero no de una manera vulgar o de mal gusto, sino presentada artísticamente con mesura.

Apareció Vaugh con tres copas llenas de licor espumoso y una hielera con pedazos de hielo con la figura de una mujer desnuda. La misma silueta también estaba tallada en el cristal de la hielera y las copas. Vaugh dijo:

—Este es mi trago preferido, aprendí a hacerlo en mi visita a Hawái con un cubano que vive allá. Está hecho con aguardiente y agua de coco, en Cuba le dicen saúco, pero le agrego licor rosado suizo y le da un color y sabor especial, ese es el motivo de la espuma.

—Delicioso, tiene un sabor exquisito —dijo Ursus.

—Me gusta, no tiene rival —agregó Andrew.

—Gracias por la opinión, pueden tomar todo el licor que quieran, que con gusto lo prepararé, es bien fácil hacerlo.

Hubo un corto silencio mientras disfrutaban la deliciosa bebida. Ursus rompió el silencio y se refirió a las figuras de barro, vidrio, sillas, alfombra, reloj, etc., y preguntó dónde las había comprado.

Vaugh sonrió y sus cachetes colorados subieron y minaron de arrugas los ojos. Luego explicó complacido:

—Visité China varias veces y fui a una ciudad donde celebran cada año una insólita y gran fiesta al miembro viril del hombre, lo veneran porque engendra la vida. En la ciudad nunca ocurre un asalto sexual ni hay aberraciones de ese tipo. Yo estaba informado de esa costumbre y quise verla personalmente. Desfilan carrozas cargando penes enormes con varias mujeres sentadas. Vi también un monumento al pene, hasta niños, ancianos, hombres y mujeres van disfrazados de pene. Nada hay de malo en ello, en esa ciudad se respeta a la mujer. Allí compré todas esas figuras eróticas que vieron. Nuestra cultura es diferente y no acepta esas cosas. Soy un hombre muy enamorado y, a pesar de mi edad, disfruto del sexo a mi manera. Me encanta estar rodeado de esos objetos que me excitan.

»Desde muy joven me enamoraba de las mujeres bellas, como todo hombre, pero sabía que no sería fácil para mí conquistar ese tipo de mujer. Siempre fui así: barrigón, de estatura baja, grueso y feo; mi única virtud es que me desboco en el sexo. Es mi pasión, pilar de mi ego y mi hombría. Siempre me fascinaron las candidatas a Miss Cutis Universal, sin importarme su nacionalidad.

»Aquí en Alemania profundicé mis estudios en cirugía estética. No estaba conforme en cortar la piel facial dañada con el bisturí, masacrando el rostro, aunque más tarde todo regresara a la normalidad y brotara piel nueva, radiante, suave y fina como la de un bebé. Comencé a estudiar partes del cuerpo humano buscando una piel que sirviera para restaurar el cutis dañado, pero sin tener que utilizar el bisturí. Mi propósito era vencer el tiempo, sin importar la edad, que el cutis no envejeciera.

»Por naturaleza es imposible detener el envejecimiento, pero no me di por vencido y, después de estudiar distintos tipos de piel, encontré la «piel perfecta». La utilicé en mi fantástica fórmula y la apliqué a las tres Miss Cutis Universal. De esa forma, ellas ganaron el soñado premio y fueron envidiadas a nivel mundial por tener un cutis juvenil eterno.

El doctor Vaugh miró a los dos, sonrió y puso la copa vacía sobre la bandeja. Ambos lo imitaron y dijo:

—Los llevaré al laboratorio y verán mi logro científico.

Bajaron al sótano. Allí había un amplio salón repleto de aparatos y artefactos propios para investigaciones científicas. Vaugh abrió el refrigerador y en su interior vieron envases con piel humana de diferentes partes del cuerpo. Cada envase tenía un número, pero no decía a qué parte del cuerpo pertenecía. Sentados frente a una pantalla, el médico comenzó a proyectar diapositivas y explicaba:

—Miren, aquí inyecté piel líquida alrededor del área dañada. No hay corte alguno con el bisturí y, pasada una semana, la piel se desprende y florece la nueva piel eterna y juvenil, que no envejece. Solo existe un problema: la falta del «activador», que se aplica una vez por semana, para mantener la piel lozana, suave, tersa y juvenil. Si llegara a faltar, el proceso se detiene, la piel se arruga, crece y luego se desprende, dejando la carne expuesta a infecciones. Aún no he podido lograr resolver el problema, pero estoy trabajando en ese sentido y creo que en pocos meses tendré lista la fórmula y mi triunfo será total. Lo daré a conocer al mundo entero y el universo femenino se rendirá a mis pies.

Las tres mises recibieron el tratamiento con el activador; ellas no querían perder su eterno cutis juvenil y todas cumplieron al pie de la letra mis instrucciones. Durante el tiempo que estuvieron fuera del país, tenían en sus manos el activador que les aseguraba mantener su nuevo cutis adorable, sacrificio que aceptaron con gusto en espera de que yo perfeccionara la fórmula. Ellas llegaron a mi consultorio y se brindaron para que les aplicara mi mágica fórmula y quedaron satisfechas con los resultados obtenidos. Además, ganaron el concurso Miss Cutis Universal, cúspide que toda mujer aspira. Las tres no tuvieron que pagar un centavo y en agradecimiento se me brindaron sexualmente. Como les dije antes, tocaron mi punto débil, ahora disfruto del sexo con las tres y vivo aquí con mi esposa. Ella desconoce mi desliz amoroso y las otras dos viven en sus respectivos apartamentos en la ciudad.

El doctor Andrew preguntó:

—¿Qué tipo de sustancia amalgama con la piel líquida para hacer su fórmula perfecta?

—Bueno... es algo difícil de explicar, solo viendo personalmente en el laboratorio lo que hago el interesado puede comprobar el resultado final. Las nuevas medicinas son muy eficientes para erradicar muchas enfermedades incurables; sin embargo, no existe ninguna que de manera directa ayude a restablecer un cutis dañado o envejecido. Es por eso que decidí utilizar esta medicina —cogió el frasco y lo mostró—. La mezclo con piel líquida, única e insustituible que encontré en el cuerpo humano.

Me gustaría que vieran con sus propios ojos mi trabajo, pero comprenderán que es un asunto privado. Cuando resuelva el problema, ya no necesitaré utilizar el activador, entonces daré a conocer al mundo mi invento.

—¡Me basta, doctor Vaugh! Comprendo. No deseo comprometerlo, creo que me extremé en la pregunta, estoy violando su privacidad científica y pido perdón. Lo felicito por ese gran avance científico que lo llevará a la cúspide de la fama —elogió Andrew.

Regresaron al bar y repitieron los mismos tragos. Ursus dijo:

—Doctor Vaugh, nuestra presencia aquí se debe a la desaparición de la señorita Zisny Collore, que hizo su tratamiento facial y ganó el concurso Miss Cutis Universal. ¿Me puede decir dónde vive la señorita Collore? Sus padres hicieron la denuncia y las autoridades pusieron el caso en mis manos.

Vaugh palideció levemente, pero pasó desapercibido para los dos. Sonrió, esta vez mostró su dentadura de dientes grandes, en su totalidad, y sus ojos de araña brillaron extrañamente. Respondió seguro de sí mismo:

—Amigo Ursus, quisiera ayudarlo, pero no puedo revelar dónde vive la señorita Collore; no puedo violar su privacidad, así me lo pidió. Tiene razones que desconozco, lo siento, espero que comprenda.

—Perdone, doctor Vaugh, pero estoy obligado a buscarla utilizando otros medios. Es mi trabajo y debo cumplirlo.

Se pusieron de pie y estrecharon la diminuta mano del enano. Vaugh, manteniendo la sonrisa, agregó:

—Amigos, creo que he sido bastante explícito. Hubiera querido ofrecerles más información, pero llegué al límite y para que no me guarden resentimiento los invito a que se hospeden aquí.

Dispongo de una habitación con dos camas y un baño, y tendrán la atención de la servidumbre, es como si estuvieran en el hotel; el único inconveniente es que para alimentarse tendrán que visitar el restaurante. Aquí cerca hay unos muy buenos y, además, en la noche pueden visitar la discoteca. Se divertirán a sus anchas, ustedes hablan alemán y bellas damas los complacerán en todo. Por favor, ruego que acepten mi invitación. Pueden visitar el laboratorio en horas de trabajo y recorrer e inspeccionar todos los rincones de esta casa. Ustedes son mis huéspedes preferidos, mis compatriotas, y mi deseo es que lo pasen bien y se diviertan.

Los dos se miraron y hubo mutuo acuerdo. Ursus dijo:

—Aceptamos, gracias. Regresaremos más tarde, es usted muy amable y agradecemos su hospitalidad.

—Gracias, amigos, por complacerme, pero tengo que decirles algo: esta noche viajo a Londres, es un asunto urgente. Regreso en dos días y espero encontrarlos aquí.

Llegaron al hotel, recogieron las maletas y regresaron a la mansión. Ya en el cuarto, se sentaron frente a frente en sus respectivas camas y Andrew dijo:

—El doctor Vaugh es un enfermo mental, tiene lujuria y obsesión por el sexo. Detrás de esa pantalla, exagerando su atención hacia nosotros, está demostrando que trata de encubrir algo y ganarse nuestra confianza. Sobre las tres mises, creo que dijo la verdad. Entonces, ¿dónde está el misterio? La ley no lo puede obligar a informar el lugar donde vive la señorita Collore; tal vez está disgustada con su madre y no quiere que sepan el lugar donde vive. Es su vida privada, tiene derecho. Por esa parte no podemos hacer nada, hay que buscar otra alternativa.

Ambos no podían ver aún lo oculto de la situación, pues todo parecía bien claro. Sin embargo, sabían que el misterio existía. La primera Miss Cutis era la esposa de Vaugh y vivía en la mansión; las otras dos estaban libres y vivían a su manera. Hasta aquí, nada comprometía al doctor y mucho menos que existiera algún indicio de que había violado la ley. Pensaban que estaban perdiendo el tiempo, pero Ursus no podía regresar a Estados Unidos sin presentar un certificado de la policía sobre Zisny Collore. Debía conocer si estaba viva o muerta.

Al doctor Andrew le pareció que Vaugh se estaba mostrando demasiado abierto con ellos, como tratando de borrar cualquier duda con respecto a la señorita Collore. Aquello que dijo: «Pueden inspeccionar todos los rincones de esta casa», indicaba en la superficie que no había nada encubierto; no obstante, al ser tan abierto le generaba sospechas.

Esa noche cenaron en un restaurante cercano y ya tarde regresaron a la mansión. En el cuarto conversaban y analizaban la situación buscando una brecha por donde comenzar. Al siguiente día visitaron el laboratorio en horas de trabajo y conversaron con las personas que trabajaban allí, en particular con el jefe del personal llamado Philos, quien fue amable con ellos y contestó todas las preguntas sin vacilar. Despejaron las dudas que tenían y comprobaron que en el laboratorio todo estaba funcionando dentro de la ley. El misterio solo estaba en el comportamiento del doctor Vaugh, les pareció que su mente estaba un poco trastornada.

El siguiente paso sería entrevistar a Nuflo y aunque era muy raro podría dar alguna información valiosa, alguna pista que los llevara a desentrañar el misterio de la desaparición de Zisny Collore, pero por mucho que lo buscaron no pudieron encontrarlo, los sirvientes no sabían dónde se encontraba. Vaugh había dicho que podían registrar todos los rincones de la mansión, sin embargo, no podían violar la ética profesional como si fueran vulgares ladrones.

Comprendieron que no podían hacer más nada. Al rato, escucharon el maullido de un gato frente a la puerta. Andrew la abrió y vieron que era el mismo gato amarillo que habían visto a su llegada. Imaginaron que el animal tenía hambre, pero no tenían nada que ofrecerle. A Ursus le gustaban los gatos e intentó atraparlo, pero el felino se alejó por el pasillo, así que lo siguió. Vio que se metía debajo de un mueble, entonces se agachó, pero el gato había desaparecido. Llegó Andrew y preguntó por el animal, Ursus le contó la situación. En esa parte de la casa había penumbra.

Extrañado, Andrew le dijo que hiciera ruido para asustar al felino, que cuando saliera intentaría atraparlo. Ursus se arrodilló, golpeó con el puño el piso para asustar al gato, pero el animal no salió. Intentó ponerse de pie, apoyó la mano en la pared, pero esta cedió y cayó de lado. Andrew lo ayudó a levantarse y comprobaron que había una puerta falsa, y debajo otra más pequeña por donde el gato había entrado, ambas muy bien disimuladas. Había una escalera que conducía al sótano.

Intercambiaron una mirada de asombro y comprendieron que lo que había ocurrido era «la punta del hilo que los llevaría al ovillo». Andrew miró el reloj que marcaba la una de la madrugada, el silencio era total. Lentamente bajaron. Presintieron que más allá de la puerta que conducía al sótano nada bueno les esperaba, el incidente con el gato era un acicate para continuar y encontrar algún indicio sobre la desaparición de la señorita Collore. No confiaban en la explicación de Vaugh.

Llegaron al final de la escalera y vieron un tenue resplandor por debajo de la puerta. Muy despacio, Ursus la abrió y ante ellos apareció una sala iluminada tímidamente por una bombilla de pocos vatios. Caminaron con cautela y llegaron a una mesa de operaciones. Se miraron asombrados. La limpieza era total y el olor a desinfectante saturaba el aire de la habitación.

De pronto, una sombra cruzó por debajo de la mesa: era el gato que corría hacia la escalera para luego desaparecer. Vieron tres mesas arrimadas a la pared, una mesita y un teléfono.

Muy cerca descubrieron otra puerta, la abrieron y entraron. Había gasas, medicinas, algodón, guantes e instrumentos utilizados en cirugías almacenados, además de envases de cristal llenos de líquidos. Andrew, en voz baja, dijo:

—Ursus, esto es un quirófano, mira las luces en el techo. ¡Sabe Dios qué tipo de operaciones realizan en secreto! Mi experiencia como médico no me engaña, detrás del doctor Vaugh hay misterio y lo vamos a desentrañar.

Andrew descorrió la cortina de un clóset donde había numerosos instrumentos científicos, aparatos eléctricos y un pequeño refrigerador. Al abrirlo vieron varios envases de cristal con un pene dentro de cada uno de ellos. Quedaron estupefactos, no podían creer lo que estaban mirando. Un escalofrío de terror recorrió el espinazo de ambos y Andrew dijo:

—Ursus, esos penes son de cadáveres. Recuerda que Vaugh es médico forense y tiene banderín abierto para hacer con los cadáveres lo que le dé la gana. Aquí está el secreto: utiliza la piel de los penes para su fórmula diabólica.

Había un grueso libro desgastado donde Vaugh anotaba lo que hacía en el laboratorio secreto y que Andrew abrió. Como le llevaría algún tiempo leer aquellos segmentos que más le interesaban, le dijo a Ursus que esperara afuera y vigilara.

En la pared, a través de un agujero, unos ojos perversos vigilaban.

Había pasado media hora. Andrew salió con el rostro muy serio donde se reflejaba una gran preocupación. Ursus, al verlo, comprendió que algo grave había descubierto. Decidió que le preguntaría cuando llegaran a la habitación. Había otra puerta e intentaron abrirla, pero estaba cerrada con doble cerradura. Andrew, mirando a Ursus, dijo:

—Amigo, dos cerraduras indican máxima seguridad. Regresamos a la habitación y en otra oportunidad buscaremos las llaves.

En la habitación, sentados en las camas, frente a frente, Andrew explicó:

—Sospeché desde el primer momento cuando me enseñaste en tu oficina las fotografías de Miss Cutis Universal que la única parte del cuerpo humano que podría proporcionar ese tipo de piel era el pene. Lo imaginé al ver la piel tersa, tensa y lisa. No quise en aquel momento decirte nada, no tenía ninguna prueba a mano para justificar mi sospecha. Además, esa parte del cuerpo humano no está dentro de mi especialidad, no soy urólogo, sin embargo, ahora lo he comprobado.

»La piel del pene, cuando está erecto, es resistente; su textura fina, tersa y elástica es parecida a la de un globo inflado al máximo. Por ese motivo es imposible identificar la edad de un hombre con el pene erecto. Un hombre de cien años con una erección tiene la piel igual a cuando era un hombre joven, nunca envejece.

—Estoy asombrado, Andrew, me parece un argumento de una película de horror. Hay algo diabólico en el descubrimiento de esa fórmula que inventó el doctor Vaugh.

—Sí, amigo, es cierto lo que dices. El doctor Vaugh parece haber hecho un pacto con el diablo. Los horrores que cometió su padre en el laboratorio de Hitler parecen haber sido asimilados muy bien por el hijo. Ahora es un lobo disfrazado de cordero. Él dijo que le llevó varios años perfeccionar la fórmula de su insólito y macabro invento, pero no la describe en el libro, supongo que está en su cerebro. Hay un número que identifica la medicina que nos enseñó y con la que produce la fórmula.

»En el libro vi las fotografías de las tres concursantes que ganaron el título y sus cutis eran horribles, así ningún hombre las cortejaría y es aquí donde el doctor Vaugh logró su rotundo éxito, pues la vanidad de esas mujeres las convirtió en esclavas sexuales de un enano diabólico.

Ursus, asombrado e incrédulo, replicó:

—Andrew, comprendo, pero no veo nada malo en que Vaugh utilice penes de cadáveres si tiene permiso del familiar del difunto.

—Te equivocas, amigo, él corta los penes en el momento de la autopsia y los congela. Las células de este órgano tardan más tiempo en morir; además comprobé que no tiene permiso del familiar del difunto para hacerlo, pues revisé la historia de varios cadáveres y no hay ningún documento firmado otorgando el permiso. Pero hay algo más que te va a horrorizar: leí que el doctor Vaugh utilizó en la fórmula penes que cortó a hombres vivos, que luego murieron y los llevó al crematorio. La piel de penes vivos es más efectiva y más duradera para el activador. Se los cortó a tres vagabundos, ellos no tenían familiares.

»Tomé fotografías con mi minicámara de las fotos de los tres vagabundos, es prueba más que suficiente para presentar a la justicia y lo haremos en su oportunidad, las entregaremos a la policía. En el archivo de la policía deben aparecer las fotografías de esos vagabundos. Ursus, a ti como detective enviado por el gobierno en Washington, te corresponde presentar el caso a las autoridades con las pruebas que hemos recopilado, que son más que suficientes para hacer caer el peso de la ley y llevar a la cárcel a este enano asesino.

Ursus, nervioso, se puso de pie. Sudaba y su rostro reflejaba el miedo.

—¡Esto es horrible, Andrew! Ese doctor Vaugh es un monstruo, estoy horrorizado.

—Sí, amigo, es un monstruo, nunca escuché un caso parecido. Mañana haremos la denuncia a la policía con las pruebas que tenemos a mano. Lo que el doctor Vaugh dijo de Miss Cutis Universal es una falacia, imagino que esas muchachas están siendo chantajeadas, coaccionadas por él. Ese reinado representa mucho para una mujer.

»Antes de la operación probablemente ningún hombre las cortejaba, pero luego de ella fueron admiradas alrededor del mundo. Sin embargo, por tal triunfo, tuvieron que pagar un precio demasiado alto. Pero hay algo más: recuerda lo que dijo sobre el «activador»; ellas no tienen ese producto en sus manos, solo lo tuvieron cuando participaron en el concurso y, por ese motivo, la señorita Collore se vio obligada a regresar a Alemania para que no le faltara el activador. Es cruel el chantaje del doctor Vaugh, si se niegan a su deseo y dejan de utilizar el activador son candidatas a una muerte segura y horrible.

Ursus, con los ojos muy abiertos, preguntó:

—¿Cuál es la función del activador?

—El activador es el impulsor de la fórmula líquida que lleva la sangre a los nuevos tejidos injertados para que no pierdan lozanía, textura y suavidad. La piel del cutis luce, así como piel de un bebé, es el mismo efecto cuando la sangre fluye al pene cuando hay erección, pero ese proceso en el cutis dura solo una semana hasta que se aplica de nuevo el activador.

—El doctor Vaugh es una bestia, un monstruo. Si nos descubre, nos matará, y utilizará nuestros penes para su diabólica fórmula o los cortará estando vivos. ¡Esto es horrible, Andrew, estoy aterrorizado! ¡Salgamos de aquí cuanto antes!

—¡No, aquí nos quedamos! Nuestro deber es evitar que ese malvado enano siga haciendo de las suyas, matando hombres para utilizar los penes en su cruel fórmula y haciendo esclavas sexuales a mujeres. Cuando llegue el momento, utilizaremos las pruebas que tenemos y las presentaremos a la policía. Si tú quieres, vete, yo me quedo aquí hasta dar por terminado el caso. Vaugh está masacrando a seres humanos, ha violado la ética profesional de su carrera, es la oveja negra de la ciencia médica.

Ursus, apenado, se disculpó:

—Perdona, amigo, el horror de pensar que podría perder el pene me aterró, me hizo perder mi estabilidad emocional. No soy como tú, no tengo la capacidad mental y el control que tú tienes emocionalmente. Eres médico y sabes más que yo de esas cosas. Estás preparado para hacer frente a situaciones de gran impacto con los recursos que te brinda tu profesión.

Andrew sonrió y lo abrazó. Le transmitió confianza, valor, fe y ánimo para fortalecer su espíritu, pues comprendía a su amigo.

—Gracias, amigo, por tus consejos, me siento fortalecido. Aquí me quedo, olvida lo que te dije, nunca pensé que pudiera pasar por una situación como esta.

Unos ojos inquietos miraban y escuchaban a través de un hueco en un cuadro colgado en la pared.

Al día siguiente, se presentaron en la estación de policía. Se identificaron y Ursus presentó el informe de Washington. El oficial llevó los datos al ordenador y poco después llegó la respuesta: el nombre de Zisny Collore no aparecía como desaparecida. El oficial se comunicó con el departamento de inmigración y le dijeron que la señorita Collore había entrado al país dos veces, pero que había una sola salida. Las fechas correspondían exactamente con las que Ursus tenía. Apareció la dirección donde residía la mujer y él la anotó en una libreta.

Ursus entregó los nombres y la fecha de la desaparición de los tres vagabundos para comprobar si coincidían con los que tenía archivados la policía o si alguna persona había denunciado la desaparición de esos hombres. El oficial puso los datos en el ordenador y aparecieron los tres nombres con sus respectivas fotografías. Andrew, al verlas, se estremeció de espanto: eran las mismas imágenes. Mientras leían el largo informe, el oficial se ausentó. Andrew, en voz baja, dijo:

—Lo que sospechaba es cierto. Aquí dice que la denuncia de las desapariciones la hizo otro vagabundo que los conocía. La policía tiene la información y la fotografía de cada vagabundo que deambula por la ciudad; todo está muy bien coordinado. La policía no toma en serio cuando un vagabundo hace una denuncia, la mayoría son enfermos mentales que no quieren estar en centros comunitarios sometidos a reglas de higiene y disciplina. Muchos se mudan a otras ciudades y la policía no quiere perder el tiempo.

—Andrew, esto es horrible, estamos alojados en el infierno, ese doctor Vaugh es el mismo demonio. ¿Qué hacemos ahora?

—Como primer paso, visitaremos la casa donde vive Zisny Collore, si es que vive allí. Después que hablemos con ella, veremos lo que vamos a hacer. Si está viva, regresamos con la señorita a Estados Unidos y si no aparece, seguiremos investigando.

Apareció el oficial con café y rosquillas. Conversaron. Al terminar, se despidieron del oficial, le dieron las gracias por la amable atención y estrecharon su mano.

Tiempo después, un taxi se detuvo frente a una lujosa residencia ubicada en el sector donde vivía gente adinerada. Ursus tocó a la puerta y apareció una muchacha. Luego enseñó su identidad y dijo:

—Llegamos hace poco de Estados Unidos, soy detective y necesito hablar con Zisny Collore, que desapareció en su segundo viaje a esta ciudad. La policía me informó que ella vive en esta casa, ¿sería tan amable de informarme sobre ella, por favor?

—Me llamo Maltesa, soy empleada del Centro de Cuidados de Ancianos. Hace poco tiempo me asignaron para cuidar a la dueña de esta casa. La señora vive sola, no sé nada de ese asunto, pero voy a avisarle. Pasen y siéntense.

—Gracias —respondieron ambos a la vez.

Poco después, Maltesa apareció empujando una silla de ruedas ocupada por una anciana de rostro lánguido, bien vestida y con un maquillaje que exageraba el color rosado. Sus labios estaban pintados de rojo fuera del borde, pero lucía un elegante peinado y, de su arrugado cuello, colgaban dos cadenas de oro con un crucifijo y un diamante en cada esquina de la cruz, junto con dos medallas de oro en otra cadena. En sus manos huesudas, de piel arrugada, tenía largas uñas pintadas de color violeta con cuatro anillos adornados con diamantes, esmeraldas, un topacio y un rubí, dos en cada mano. En sus largas orejas colgaban aretes de media luna, en cuyo centro relucían diminutos diamantes, rubíes y esmeraldas. Al llegar, Ursus y Andrew estrecharon su mano. Ella sonrió, dejando entrever su dentadura postiza y exclamó:

—¡Bienvenidos! Me llamo Emily, me honra tener en mi hogar a dos americanos.

—Muy amable, estamos agradecidos por vuestra atención —dijo Andrew.

—Visité Estados Unidos hace muchos años, me encantó ese país. Me dijo Maltesa que están interesados en mi sobrina, yo...

—Sí... —interrumpió Ursus—. Queremos saber si su sobrina Zisny Collore vive en esta casa. Sus padres denunciaron su desaparición después de su segundo viaje a esta ciudad.

—Su madre es mi hermana... pero no me explico cómo ha sucedido todo eso. Cuando mi sobrina llegó estuvo aquí tres días. Me dijo que tenía que resolver cierto asunto y que se hospedaría en el apartamento de una amiga, pues no quería vivir sola. Mañana ingreso al hospital en otra ciudad para recibir un tratamiento a mi problema de salud. Estoy en el Centro de Cuidados de Ancianos, vengo dos días por semana acompañada de Maltesa, no tengo teléfono, pues casi nunca estoy en casa.

—¿Podría darnos la dirección del apartamento de la amiga de su sobrina? —preguntó Andrew, tratando de ocultar su preocupación.

La anciana asintió y pidió a Maltesa que le alcanzara una libreta que tenía en un pequeño escritorio cerca de la ventana. Cuando la joven se la entregó, Emily revisó las páginas lentamente, hasta que finalmente dijo:

—Aquí está. Este es el número del edificio y el apartamento donde supuestamente se quedó Zisny. Es todo lo que puedo darles.

Andrew tomó nota de la dirección y agradeció la ayuda de la señora Emily. Antes de irse, Ursus añadió:

—Si llegamos a encontrar a su sobrina, le informaremos de inmediato. Gracias por su tiempo y amabilidad.

—Gracias a ustedes por venir, ojalá encuentren a Zisny. Es una chica dulce y su madre está muy preocupada.

Después de despedirse, Ursus y Andrew salieron de la casa. Una vez en el taxi, revisaron la dirección que les había dado la señora Emily.

—¿Qué te parece todo esto, Andrew? —preguntó Ursus con el ceño fruncido—. No sé por qué, pero siento que estamos cada vez más cerca de algo grande.

—Yo también lo creo —respondió Andrew—. Debemos investigar ese apartamento y ver si realmente Zisny estuvo allí o si estamos siguiendo una pista falsa.

Llegaron al edificio mencionado por Emily, un lugar moderno y lujoso que contrastaba con la mansión que habían visitado con anterioridad. Subieron al apartamento indicado y tocaron la puerta. Unos segundos después, una joven abrió la puerta, mirándolos con curiosidad.

—¿Puedo ayudarles en algo? —preguntó la joven, que no parecía sorprendida de verlos.

—Buenas tardes —dijo Ursus mostrando su identificación—. Estamos buscando a Zisny Collore. Nos dijeron que ella se hospedaba aquí. ¿Podría decirnos si está en casa?

La joven frunció el ceño, claramente confundida.

—¿Zisny Collore? Lo siento, pero no conozco a nadie con ese nombre. Este es mi apartamento y vivo sola desde hace años. No he tenido ninguna visita recientemente.

Andrew y Ursus intercambiaron una mirada rápida. Algo no cuadraba.

—¿Está segura? —insistió Andrew—. ¿Ninguna amiga o conocida le ha mencionado a Zisny?

—No, lo siento. Nunca he oído ese nombre antes. Debe haber algún error.

—Gracias por su tiempo —dijo Ursus, notando la sinceridad en las palabras de la joven.

Se alejaron del edificio, ambos con el mismo pensamiento: algo no estaba bien.

—Andrew, parece que hemos llegado a un callejón sin salida, pero no me creo que Zisny simplemente haya desaparecido sin dejar rastro —comentaba Ursus mientras caminaban de regreso al taxi—. Debemos considerar la posibilidad de que alguien esté manipulando la información que tenemos.

—Lo sé, Ursus. Debemos seguir investigando. Quizás haya otra pista que se nos esté escapando. Volvamos a la mansión de Vaugh y veamos qué más podemos descubrir. Tal vez haya algo que no hemos visto.

Ambos sabían que el tiempo corría y que debían ser cuidadosos en su siguiente movimiento. Algo oscuro y peligroso estaba ocurriendo, cada paso los acercaba más al corazón del misterio.

—Recibí carta de mi sobrina y me dice que está bien. ¡Ay, esta juventud de hoy con sus locuras!, ¡me atormentan! Sé que los ancianos somos majaderos y la juventud no desea vivir con nosotros, creo que es el caso de mi sobrina. Ella ha cambiado mucho en su segundo viaje, la última vez que la vi casi no la conozco. Desde que ganó el concurso Miss Cutis Universal cambió mucho, eso me preocupa. No sé qué pudo haber pasado.

Andrew preguntó:

—¿Pero su sobrina no vive sola?

—¡No! Como dije antes, ella vive con una amiga en su apartamento. ¡Qué pensaría mi hermana! Creería que no la quiero tener en mi casa, pero ella está muy ocupada y no puede venir a verme, así me dice en la carta, pienso que está resentida con su madre por algún motivo que desconozco. Por favor, si saben el paradero de mi sobrina agradecería que me informen.

Ambos le estrecharon la mano, le dieron las gracias y la colmaron de elogios por su importante información. Salieron a la calle desconcertados, no podían encontrar una respuesta sensata al misterio que rodeaba a Zisny Collore. Por lo menos sabían que estaba con vida, era un gran paso.

Amaneció con cielo despejado y temperatura agradable, un día para disfrutarlo y conocer la ciudad. Temprano en la mañana los dos amigos alquilaron un automóvil y visitaron lugares turísticos, parques, monumentos y otros lugares de interés. El reloj marcaba la una de la tarde, tenían hambre y decidieron comer.

Estaban frente a un pequeño parque, vieron en la esquina una cafetería y hacia allí se dirigieron. Al llegar, vieron a la entrada a dos jóvenes que los miraban con atención. El de mayor edad tenía barba y bigote, el otro era pelado y tenía un arete en la oreja izquierda. Se disponían a entrar cuando el de barba y bigote dijo:

—Disculpen, caballeros, me parece que ustedes no son de aquí.

Ursus respondió:

—Está en lo cierto, joven, vivimos en Estados Unidos.

—¡Estados Unidos! —exclamaron al unísono entusiasmados. El rostro de ambos se iluminó con amplia sonrisa. El de bigote agregó:

—Estamos recorriendo varias ciudades para fijar residencia y de todas las que hemos visto Dresden es la que más nos gustó. Después de la caída del muro de Berlín, donde antes vivíamos, salimos a ver lo que nos tenían prohibido. Somos como pajaritos que, habiendo sido enjaulados, ahora, de pronto, nos abrieron la puerta del yugo comunista. Somos libres para conocer otras ciudades, pero nos descuidamos del ajuste económico, se nos terminó el dinero y tenemos hambre. Por favor, ¿nos podrían comprar algo de comer?

Ursus cruzó una mirada con Andrew pues pensaban lo mismo. Esos jóvenes habían sufrido el embate del comunismo y ahora libres disfrutaban la libertad que habían perdido desde que nacieron. No pedían dinero, sino alimentos. Los invitaron a entrar, aunque se negaron, y dijeron que les compraran hamburguesas y leche. Poco después apareció Ursus, bandeja en mano, con lo que habían pedido y dos pasteles. Agradecidos, le dieron las gracias y se dirigieron al parque, se sentaron en un banco a disfrutar la merienda.

Llegó la noche y la ciudad se iluminó de luces de colores. Las discotecas estaban repletas de gente, así que entraron en una que les pareció la mejor. La gente bailaba al ritmo de la música americana y las luces proyectaban sobre las personas estrellas en distintas gamas de colores.

Ocuparon una mesa y al instante llegaron dos hermosas jóvenes con provocativos vestidos que destacaban sus encantos femeninos, las tomaron de la mano y bailaron; luego, regresaron a la mesa. Ursus pidió cerveza para los dos y las muchachas Coca-Cola. La compañera de Andrew se llamaba Irina y la de Ursus, Gelys.

Anunciaron a un cantante americano de incógnito y el público aplaudió complacido. Irina miró hacia una esquina, se puso de pie y se disculpó, dijo que regresaría enseguida. Andrew la siguió con la vista. La joven se dirigió a una mesa que un hombre ocupaba. La iluminación en aquella parte estaba en penumbras, pero se destacaba la figura del hombre. Al instante, las luces del salón se intensificaron y el presentador anunció el nombre del cantante y la ovación fue cerrada. Comenzó a cantar. Todos miraban hacia el escenario, menos Andrew, que reconoció al hombre: era Philos. Irina regresó. Ursus y Andrew tomaron de la mano a su pareja y comenzaron a bailar. Andrew quiso averiguar sobre Philos y preguntó:

—Me parece haber visto a ese hombre que fuiste a ver, ¿quién es?

—¡Oh, sí! Es mi amigo, es empresario y muy generoso conmigo. Me dijo que ya se marchaba porque tiene que llevar a sus respectivas casas a dos jóvenes que están ebrios.

Andrew vio a Philos junto a dos hombres que lo sujetaban por el brazo ya que apenas podían caminar, pero pensó que no estaban borrachos sino drogados y los reconoció. Eran los dos primos que encontraron a la entrada del café. Imaginó que Philos los llevaría a la mansión para usar la piel de sus penes en la fórmula del doctor Vaugh.

Andrew se horrorizó, detuvo su baile, tocó en el hombro a su amigo y dijo alarmado:

—¡Ursus, mira la hora que es! Vamos al aeropuerto, el avión no espera.

Ursus comprendió que algo grave sucedía, así que se disculparon con las muchachas y salieron al exterior. Andrew explicó lo que había visto.

Eran las tres de la madrugada. Bajaron al sótano, entraron y vieron que las luces estaban encendidas. Las cuatro mesas estaban listas para recibir a cuatro donantes para ser sometidos a una cruel y horrible operación. Ursus dijo alarmado:

—¡Amigo, esto se pone feo! ¡Estamos en la boca del lobo!

—Sí... estamos en peligro, pero no podemos permitir que masacren a esos jóvenes. No tenemos armas para defendernos, pero confío en Dios que nos ayudará en esta situación difícil en la que estamos comprometidos para desentrañar el misterio de la desaparición de la señorita Collore. Vamos al sótano a buscar la llave para abrir la puerta.

Llegaron y la puerta estaba abierta. Había un largo pasillo en penumbras por el que caminaron cautelosos. El silencio era total. Llegaron al final y Andrew abrió la puerta. Las luces estaban encendidas, era el necrocomio. Ursus vigilaba. Había varios cadáveres cubiertos por sábanas blancas, los pies se asomaban y tenían atado al dedo gordo una etiqueta con un número. Andrew inspeccionó todos los cadáveres, luego buscó y encontró una gaveta con varios bisturíes, cogió dos, pues le servirían para defenderse. Salió al pasillo y dijo:

—Lo que temía sucedió. A todos los cadáveres hombres les cortaron el pene.

—¡Dios mío, en qué lugar hemos caído! ¡Andrew, salgamos rápido de aquí, corremos peligro!

Caminaron a pasos largos. Tenían en la mano el bisturí. Llegaron a la puerta y, al abrirla, quedaron mudos por la sorpresa. La oscuridad era total. Se detuvieron, sabían que habían caído en una trampa, así que regresaron al necrocomio, pero la puerta estaba cerrada. Volvieron. Ambos estaban muy nerviosos y se maldecían a sí mismos por confiar en las apariencias y desafiar el peligro como lo hacían los héroes en las películas, pero ellos no eran héroes, sino hombres comunes con una profesión y ahora envueltos en un peligro de vida o muerte. No quedaba otro remedio que enfrentarlo.

Entraron. Tenían grabado en el cerebro la ubicación de la habitación, así que, tocando la pared, llegaron hasta la escalera y respiraron aliviados, unos pasos más y estarían en la habitación. Subieron dos escalones. Sonaron dos golpes y cayeron al piso.

Cuando despertaron, el salón estaba iluminado. Cada uno estaba acostado en una mesa y sobre ellos la luz del quirófano encendida. Tenían las manos y piernas amarradas con el pantalón y calzoncillo corridos hasta las rodillas, exhibiendo los genitales.

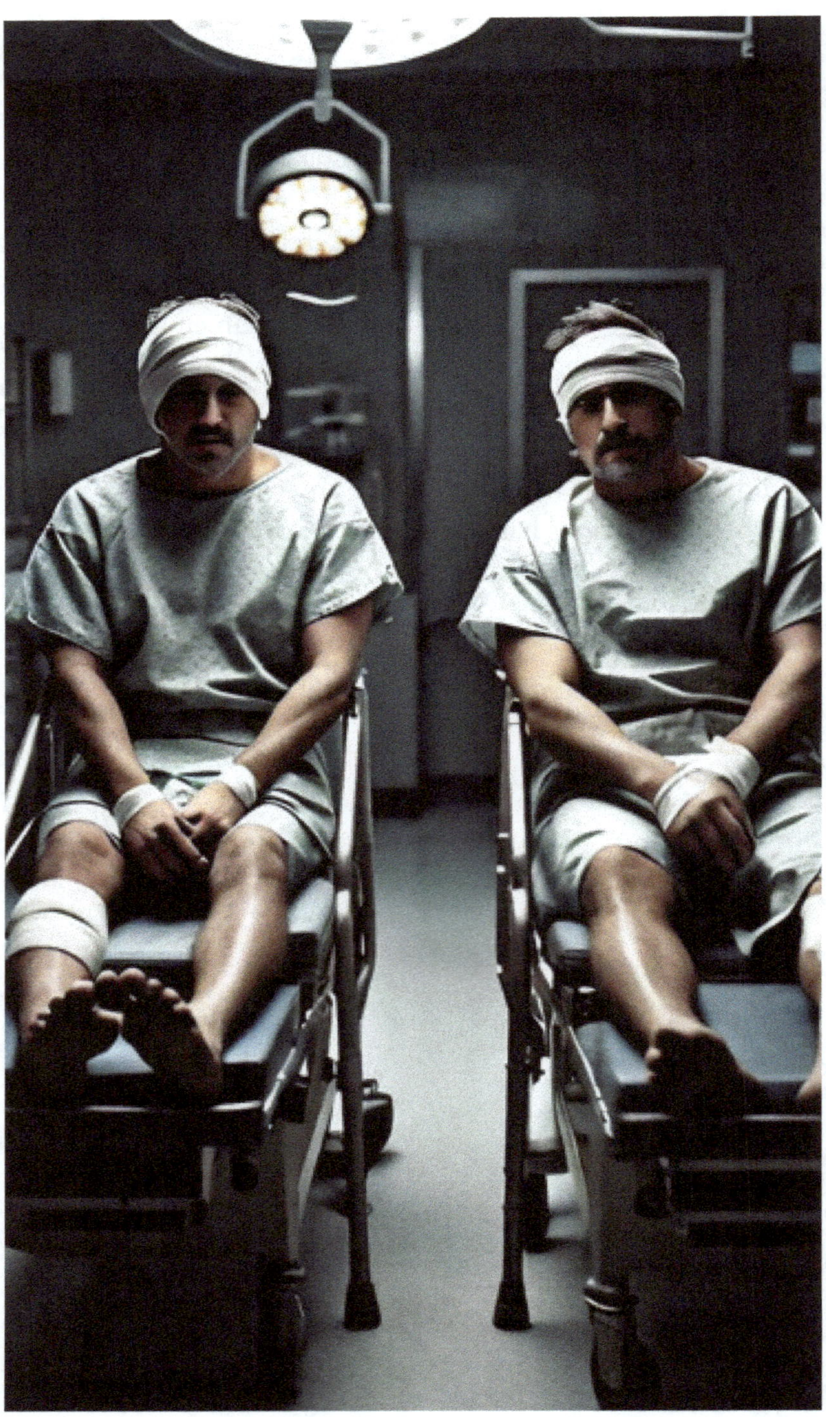

Andrew fue el primero en despertar y en comprender lo que le esperaba. Se horrorizó. Ursus despertó y miró a su amigo. Nada decían, pero con la mirada lo decían todo, sabían lo que sucedería. Las lágrimas de impotencia, angustia y sufrimiento rodaron por las mejillas de ambos como si fueran niños. Intentaron soltar las cuerdas, pero comprendieron que era imposible. Recorrieron con la vista el salón, pero no vieron a nadie. Ursus hizo la observación de que un milagro podría ocurrir y dijo:

—Andrew, no tenemos escape alguno, esta soledad es presagio del horror al que seremos sometidos. No sé si estaremos aquí hasta que Vaugh llegue del viaje a Londres.

Andrew respondió:

—Hermano, para que ocurra un milagro tenemos que rezar y pedir a Dios que nos ayude, es el único que nos puede salvar, no hay otra solución.

Cerraron los ojos y comenzaron a musitar una oración mientras las lágrimas de impotencia y desesperación seguían brotando. Terminaron de rezar y poco después un escalofrío de terror recorrió sus cuerpos al escuchar a sus espaldas la voz hueca, seca y gruesa de Vaugh que se acercaba cojeando y empujando una mesita repleta de envases de cristal llenos de líquidos, gasas y herramientas quirúrgicas.

El sonido del pie que tenía más corto resonaba a uniforme compás, marcando una sentencia de muerte en segundos. Vaugh llegó y se puso frente a ellos, los miró con fiereza y con una sonrisa burlona, amplia y llena de satisfacción, mientras sus ojillos de araña brillaban de maldad.

—¡Atrapé a mis dos incautos ratoncitos! —de pronto, comenzó a reír a carcajadas. Su risa era igual a una hiena, tenía la misma ferocidad—. Dejé el camino libre y puse el queso a su alcance y cayeron en la trampa, creyeron lo de mi viaje a Londres. ¡No soy estúpido ni tonto! De eso no tengo un pelo. Cuando entraron detrás del gato en el sótano, los miraba, sabía que les sorprendería lo que allí había, sabía también que inspeccionarían todo, pero de nada sirvió. Ahora están en mis manos. ¡Violaron mi privacidad y descubrieron mi secreto! Esa acción tiene un precio muy elevado. Ya conocen mi trabajo, oculto por años... Llegaron ustedes para echarlo todo a perder. Saben que utilizo para mi fórmula piel de penes, pero esa fórmula está solo en mi cerebro. Saben también que utilizo piel de penes vivos, pues es superior a la de los de cadáveres porque su efecto es más duradero.

Cada palabra que pronunciaba Vaugh hacía temblar de horror a los dos que intentaban romper las cuerdas. El diabólico médico desabrochó su bata blanca y quedó al descubierto su pecho liso y desprovisto de vellos. Sus hombros abultados de carne flácida, al igual que sus cachetes regordetes, temblaban como gelatina cuando hablaba y caminaba. Los ojos de ambos se abrieron al máximo cuando Vaugh cogió el bisturí que brillaba a la luz y se acercó a Andrew.

—¡¿Qué vas a hacer?! ¡Asesino, cobarde! ¡No lo hagas con él, hazlo conmigo! —gritó Ursus horrorizado.

Vaugh lo miró despectivamente y respondió:

—No te impacientes, hombre, pronto estaré contigo.

Andrew, espantado, gritó:

—¡Termina de una vez! Eres la vergüenza de la ciencia médica, la oveja negra. Los médicos estamos para salvar vidas, no para destrozarlas o causar la muerte. Que utilices penes de cadáveres para tu diabólica fórmula es perdonable, pero que cortes el pene a hombres vivos es cruel y sanguinario. ¡Te aborrezco, doctor Vaugh!

—Basta de ofensas, mi decisión es inquebrantable, nada me hará desistir de mi propósito.

Cogió el pene por el glande y lo estiró. Andrew hizo una mueca de dolor. Sus ojos parecían salirse de las órbitas, estaba aterrorizado al ver el bisturí muy cerca del miembro. Se estremeció como queriendo evitar lo inevitable. Ursus gritaba horrorizado e intentaba soltar las amarras, pero su esfuerzo resultó inútil.

Vaugh gritó:

—¡Basta de maldiciones, Ursus! No voy a hacer lo que piensas. Solo inspeccionaré el área, no haré la operación a sangre fría, los anestesiaré, no soportarían el dolor y morirían de un paro cardíaco. Los trataré lo mejor que pueda, son mis compatriotas. Piensan muy mal de mí, no puedo dejarlos morir. Tienen que regresar a Estados Unidos y cuando despierten, la piel de sus penes estará en esa pequeña bandeja que está sobre la mesita. Tendrán penes artificiales injertados tan perfectos que nadie notará la diferencia cuando visiten el baño de los hombres. La ciencia médica hace grandes e increíbles avances.

Se dirigió a Ursus y de igual modo le sujetó el pene por el glande y lo estiró causándole dolor. Las lágrimas brotaban. Los amigos se miraron lastimeramente, como intentando darse ánimo uno al otro al pensar que perderían sus penes. Los dos tenían novia y pensaban casarse, tener hijos y verlos crecer, pero la bestia humana troncharía sus vidas, de ser así no valdría la pena seguir viviendo. Se abandonaron a su suerte, cerraron los ojos y volvieron a rezar pues aún tenían fe. Escucharon la voz de Vaugh:

—Como primer paso afeitaré los vellos del pubis en la base del pene. Los vellos almacenan bacterias y causan infección en la herida. —Cogió un algodón y lo mojó en un líquido amarillo, luego frotó e hizo lo mismo con Andrew. Afeitó a los dos. La mascarilla la dejó colgando. Se quitó los guantes y se puso otros. Luego dijo—: Bien, ya todo está listo para realizar la operación.

Cogió la jeringa, la llenó de líquido anestésico y la puso en la mesita. Sonrió y dijo:

—Pero antes de inyectarlos quiero que vean algo.

Al decir esas palabras, abrieron los ojos y vieron al enano diabólico levantar la mano. Un poco más allá de la puerta apareció un hombre sujetando a una mujer por el brazo. Ella caminaba mirando el piso. Vaugh la cogió por una mano y la puso frente a ellos, pero ella seguía mirando al piso y dijo:

—Mis queridos compatriotas, ¿conocen a esta dama?

Los dos la reconocieron de inmediato: era Zisny Collore. Vaugh continuó hablando:

—Ella, igual que las otras dos mises, viven en esta casa. Las tres tienen libertad para ir a donde se les antoje, pero son ellas las que no quieren salir para que la gente vea sus rostros bonitos y sus cutis de ángeles envidiables. ¡Ironías de la vida! Antes su piel era horrorosa, pero llegaron a mí y me pidieron que aplicara a su rostro mi mágica fórmula. Ganaron el concurso Miss Cutis Universal, sin embargo, ahora ocultan el rostro y salen a la calle disfrazadas para que nadie las conozca. Saben que no pueden escapar, están obligadas a regresar para que les aplique el «activador» antes de que sus cutis se deterioren. ¡A las mujeres no hay quién las entienda!

Y rio en sonoras carcajadas que retumbaron en la habitación y que se clavaron como dardos de muerte en los oídos de ambos. Vaugh continuó hablando:

—Antes dije que cada una de ellas vivía en sus respectivos apartamentos, menos mi esposa, que vive en esta residencia. Bueno, lo dije para despistarlos, sabía que serían incapaces de registrar la casa pues su ética profesional lo impediría. Ursus, usted vino para averiguar el paradero de la joven... Pues, aquí la tiene. Ya puede hacer el reporte sobre ella, lástima que es demasiado tarde —otra vez rio con su hiriente risa de hiena y continuó hablando—:

»La señorita Collore es la única de las tres cuyo rostro se está deteriorando. Miren su cara, la piel se está arrugando, necesita con urgencia el activador, pero hecho con piel de penes vivos. Con cuatro es suficiente. Pronto estarán aquí dos donadores «voluntarios» que les harán compañía, pero mientras llegan comenzaré mi trabajo con ustedes. Ya experimenté con piel viva y los resultados fueron fabulosos. El proceso es más duradero. Supongo que no se negarán a que la joven recupere su bonito y envidiable cutis, ella estará eternamente agradecida.

Ursus y Andrew estaban horrorizados al ver el rostro de Zisny. Abultadas arrugas crecían con rapidez en sus pómulos. Necesitaba con urgencia el activador, de lo contrario, moriría. Los ojos de Vaugh brillaban como las arañas reflejando un odio feroz. El enano diabólico ya no razonaba, pues en su mente trastornada solo se anidaba el deseo de venganza porque ellos habían descubierto su secreto. Vaugh, jeringa en mano, se disponía a inyectar a Andrew. La joven dio varios pasos hacia atrás alejándose y llorando. De pronto, lanzó un grito desgarrador:

—¡No, por favor! ¡No lastime a esos hombres! No deseo ningún tratamiento, me atengo a mi suerte, ellos no tienen por qué ser sacrificados. La culpa es mía, la vanidad me hundió, debí conformarme con el rostro que Dios me dio. Me dejé engañar por este miserable monstruo. ¡¿Para qué quiero tener un cutis bello y envidiable si soy la esclava de este ser malvado y cruel?! ¡Te odio, doctor Vaugh!

Pero Vaugh no hizo caso a las palabras de Zisny y en su boca, que apenas tenía labios, se dibujó una sonrisa de satisfacción. Enseñó sus grandes dientes. Quería disfrutar al máximo su venganza, así que presionó la jeringa y brotaron varias gotas de anestésico. Se acercó a Andrew, quien cerró los ojos mientras Ursus seguía echando maldiciones. Vaugh limpió con un líquido amarillo la zona del brazo donde lo inyectaría.

Se disponía a clavar la aguja cuando a su espalda la joven saltó como una tigresa. El impacto hizo caer la jeringa y los espejuelos, ambos se rompieron. Zisny clavó sus piernas sobre el vientre del doctor Vaugh y enterró las uñas en los cachetes. La sangre corría. El enano gritaba de dolor e intentaba desprender a la muchacha, pero realmente era como una tigresa. Comenzó a morderle los hombros y a arrancar pedazos de carne que dejaba caer.

Los gritos de horror del médico retumbaron en el salón. Los ojos de araña aumentaron de tamaño, parecía que se saldrían de las órbitas pues el dolor era atroz, giraba como un trompo, pero ella seguía mordiendo sin compasión. La bata blanca cambió a roja. El rostro de Zisny estaba lleno de sangre, los cortos brazos del enano seguían intentando separar a la joven, pero el dolor terrible que padecía en cada mordida le impedía hacerlo, la sangre le corría por el pecho y la espalda. Desfallecía.

Andrew y Ursus miraban asombrados la escena. Sabían que pronto Vaugh vencería a la muchacha, aunque anciano, era aún fuerte. A causa de los gritos del médico llegó el hombre que había traído a la muchacha e intentó desprender a Zisny, pero Vaugh seguía girando y no podía atraparla. Seguía sufriendo aquel terrible suplicio, pero al fin logró sujetarla por un brazo sin desprenderla. Era una verdadera tigresa.

De pronto, apareció Nuflo y clavó un puntiagudo hierro en la espalda del sicario que cayó sin vida al piso. El enano no se dio cuenta de lo ocurrido, pues su mente estaba en blanco del dolor que sufría por las terribles mordidas y la pérdida de sangre que le impedían razonar. Entonces Nuflo fue en ayuda de Andrew y soltó las cuerdas que lo ataban. Andrew se subió el calzoncillo y el pantalón.

En ese mismo instante Vaugh, en su desespero, girando como un trompo tropezó con la mesita y la derribó. Se rompieron los frascos de cristal y ambos cayeron. El médico se golpeó la cabeza y quedó inconsciente. Zisny, atolondrada, se puso de pie y se acercó. Cogió un pedazo de cristal, le bajó el pantalón y de un tajo le cortó el pene y lo tiró lejos. El dolor hizo que Vaugh despertara. Se puso de pie y llevó las manos a los genitales. Se dio cuenta de que lo había perdido y gritaba horrorizado. La sangre brotaba a chorros entre los dedos y sufría la agonía de las mordidas y ahora la del pene. Estaba sufriendo lo indecible. El monstruo enano pagaba bien caro sus horrendos crímenes, le pagaban con la misma moneda. Caminó hacia la joven que estaba sentada en el piso y lo esperaba, pero como cojeaba se resbaló en el líquido derramado y cayó boca abajo sobre un pico de cristal que atravesó su garganta, muriendo en el acto.

Andrew vio con horror lo sucedido. Nuflo quitó las amarras de Ursus, quien subió su calzoncillo y el pantalón, luego llegó a la mesita, cogió el teléfono y llamó a la policía. Zisny quedó en el suelo mirando a Vaugh. Su boca abierta, de dientes grandes, ahora relucía en su totalidad. Los ojos de araña aún seguían brillando, pero sin vida.

La mirada de la joven estaba vacía y no razonaba. Andrew se acercó, pero Zisny lo vio, extendió los brazos y movió la cabeza de izquierda a derecha varias veces. Andrew comprendió y se detuvo a corta distancia. Se horrorizó cuando vio las arrugas que seguían creciendo y le cubrían casi por completo su rostro. Era una visión espantosa. Sin que pudiera evitarlo, Zisny cogió un cristal y se cortó el cuello. La sangre de ambos cadáveres se mezcló con el líquido que corría por el piso.

Ursus llegó al lado de Andrew y casi al mismo tiempo Nuflo dijo:

—Yo también fui víctima de este sanguinario médico. Lo ayudaba cuando hacía otro tipo de operaciones, todas fuera de la ley. Un día me maltrató y le dije que me marcharía, estaba cansado de ser su esclavo, me trataba muy mal y ganaba poco dinero. Me rogó que no lo hiciera, me hizo jefe de la servidumbre y me aumentó el sueldo, entonces me tranquilicé y seguí trabajando cuando me lo pedía como auxiliar en las operaciones que hacía. Vaugh no podía emplear a otra persona pues se exponía a que lo denunciaran a las autoridades.

Pasaron varios meses y un día me dijo que necesitaba mi ayuda, tenía que hacer una operación de las que siempre hacía. Con anticipación preparé todo como de costumbre con los instrumentos que necesitaba. De pronto, me atrapó por la espalda y me anestesió con cloroformo. Cuando desperté, estaba en la mesa de operación, fui al baño y me di cuenta de que me había cortado el pene e implantado uno artificial. Quise suicidarme, pero me vio y lo impidió. Desde entonces me inyecta a diario.

Perdí la voluntad y actúo como un robot, algo que no puedo evitar.

Escuché anoche cuando ustedes conversaban en el cuarto. Yo miraba por un hueco en la pared y así me enteré de lo que haría ese malvado. Cuando lo ayudaba nunca hizo ese tipo de operación, imagino que lo hacía solo... Entonces decidí tomar venganza. Cuando vi lo que pretendía hacer con ustedes, me llené de rabia y odio, busqué un hierro para matarlo, pero maté al hombre que intentaba separar a la muchacha. Me di cuenta de que ganaría tiempo para dejar la situación en sus manos.

Agradecidos, abrazaron a Nuflo y Andrew le dijo:

—Soy médico, puedo hacer mucho por usted y...

—No... ya es demasiado tarde, no quiero seguir viviendo, mi vida ya no vale nada. Antes tomé un veneno, pensé que en caso de que no pudiera matar a Vaugh me mataría para evitar terribles torturas.

La policía llegó. Nuflo fue a una esquina a esperar la muerte. Ursus explicó con lujo de detalles lo que había ocurrido y contestó las preguntas de la policía. Andrew llegó donde aquel hombre, pero ya estaba muerto. En ese mismo instante, llegó Philos con dos hombres que sujetaban a los dos jóvenes drogados que estaban en la discoteca. Los tres fueron apresados por la policía. Tiempo después, recogieron los cadáveres. La policía registró todas las habitaciones, pero no encontraron a las dos mises.

Pasaron varios días. En el suburbio de la ciudad encontraron los cadáveres de ambas mujeres con horribles arrugas que les cubrían el rostro a causa de la falta del activador. El cadáver de Zisny Collore fue enviado en un ataúd sellado a Estados Unidos y entregado a sus padres para que no pudieran ver su rostro. El tribunal otorgó la herencia del doctor Vaugh a los familiares de las tres mises Cutis Universal.

Antes de viajar a Estados Unidos, Andrew y Ursus se reunieron con los dos jóvenes en la estación de policía y les prometieron que los ayudarían. Explicaron a la policía lo que había ocurrido antes de entrar al café y la historia que les habían contado los muchachos cuando salieron de Berlín, así como el suceso en la discoteca y decidieron avalarlos para que les dieran empleo.

El resultado de la conversación fue exitoso. La policía los emplearía en el departamento de limpieza y también estudiarían. Prometieron que cuando se graduaran entrarían a formar parte de la policía.

Andrew y Ursus abrazaron a los dos muchachos, quienes les dijeron que siempre los recordarían porque les habían salvado la vida. Jamás hubieran podido imaginar que, siendo libres y después de haber sufrido los horrores del comunismo, les hubiera tocado vivir algo mucho más horroroso.

Andrés pagó con su vida el crimen que había cometido. De nada le valió cambiar de nombre, le pagaron con la misma moneda.

www.ingramcontent.com/pod-product-compliance
Lightning Source LLC
LaVergne TN
LVHW020034170826
845678LV00001B/245

* 9 7 8 6 1 2 5 1 8 4 1 7 7 *